Cynnwys

Y Goeden Hud

Ysbrydoliaeth gan
luniau plant yn ystod y cyfnod o ynysu adref

Sioned Erin Hughes

I garedigrwydd

Argraffiad cyntaf: (h) Gwasg Carreg Gwalch 2020
(h) testun: Sioned Erin Hughes 2020
Llun clawr: Gwen Richards
Dylunio: Eleri Owen

Rhif Llyfr Safonol Rhyngwladol:
978-1-84527-770-3

CYNGOR LLYFRAU CYMRU

Cyhoeddwyd gyda chymorth Cyngor Llyfrau Cymru.

Cyhoeddwyd gan Wasg Carreg Gwalch,
12 Iard yr Orsaf, Llanrwst, Dyffryn Conwy, Cymru LL26 0EH.
Ffôn: 01492 642031
e-bost: llyfrau@carreg-gwalch.cymru
lle ar y we: www.carreg-gwalch.cymru

Argraffwyd a chyhoeddwyd yng Nghymru

Rhagair

Roedd hi'n tynnu at ddiwedd Mawrth pan roddais hysbyseb ar gyfryngau cymdeithasol yn amlinellu fy mwriad i helpu plant ifainc mewn ffordd greadigol. Erbyn hynny, roedd y wlad wedi derbyn gorchymyn i aros adref ac i deithio ddim ond pan fo hynny'n gwbl angenrheidiol. Fel un sydd yn ymdopi â sefyllfaoedd heriol o'r fath drwy ddarllen ac ysgrifennu, roeddwn i'n meddwl mai da o beth fyddai annog eraill i weld y buddion yn y pethau hyn hefyd. O ganlyniad i'r meddylfryd hwn, deilliodd y grŵp 'Llun a Stori'.

Ar y grŵp, roeddwn i'n annog plant dros Gymru benbaladr i yrru lluniau ataf yn electronig. Wedi imi dderbyn y lluniau, es ati i ysgrifennu straeon yn seiliedig arnynt a'u cyhoeddi gyda'r nos. Fis a hanner yn ddiweddarach, roedd gen i gasgliad helaeth o luniau, straeon a cherddi.

Yn fwy calonogol fyth, roedd negeseuon caredig tu hwnt wedi fy nghyrraedd gan blant ac oedolion fel ei gilydd. Thema gyffredin yn y negeseuon hyn oedd y galw am lyfr, gyda sawl un o'r farn y byddai'n braf pe bai'r straeon ar gael rhwng dau glawr, ac nid ar sgrin yn unig.

Felly, dyma gyflwyno'r llyfr hwnnw! Gyda diolch i bob plentyn a yrrodd lun ataf, i bob un a adawodd neges glên ar ôl darllen, ac i wasg Carreg Gwalch am wireddu'r cwbl. Gobeithio y cewch chi gymaint o gysur o'r darllen ag y cefais i o'r ysgrifennu.

Sioned Erin Hughes

Gwen a'r Goeden Hud

Gwen Richards | 8 oed
Ardal Caerfyrddin | Ysgol y Dderwen

Ym mhen pellaf yr ardd fe safai hon yn urddasol a chadarn. Roedd ganddi frigau yn ymestyn allan fel cant a mil o freichiau hirion, yn barod i'ch cofleidio. Roedd yna goed eraill hwnt ac yma o'i hamgylch, ond roedd yna rywbeth am y goeden benodol hon a oedd yn swyno Gwen yn llwyr.

Pan fyddai'r dydd yn dirwyn i ben a'r haul yn gwasgu'r sbarion olaf o oleuni dros y byd, byddai Gwen yn mynd gyda'i thortsh fach i bendraw'r ardd. Yno, byddai'n pwyso ei chefn yn erbyn y pren garw ac yn ysgrifennu holl fanylion ei diwrnod ar ddarn o bapur, cyn ei blygu'n ddel a'i guddio mewn twll dwfn a oedd yn cyrraedd at ruddin y goeden. Teimlai fel ei bod hi'n medru rhannu ei hanturiaethau i gyd gyda'r goeden, a gallai daeru weithiau fod y goeden yn deall pob dim.

Un penwythnos chwilboeth, roedd haul annhymig diwedd Mawrth yn bygwth llosgi croen golau Gwen. Nid oedd hi eisiau hynny, ac aeth felly i gysgodi dan frigau moel y goeden. Dyna lle'r oedd hi, yn rhedeg ei bysedd dros yr olion hen ar y rhisgl pan glywodd sŵn rhywun yn chwerthin. Chwerthin tawel ac ysgafn ydoedd, a byddai'n amhosib ei glywed os na fyddai gan Gwen glyw cystal. Ond roedd hi'n sicr o'r sŵn, ac roedd hi'n sicr hefyd mai o'r goeden yr oedd yn dod.

"Oes 'na rywun yna?" gofynnodd Gwen a'i llwnc yn sych gan ofn.

"Wel, oes, fel mae'n digwydd!" atebodd y goeden. Ac er mawr syndod iddi, gwelodd Gwen wyneb yn ffurfio yn y rhisgl. Gwefusau sychion, trwyn Rhufeinig a chroen llawn rhychau a chreithiau. Cafodd Gwen fraw, a dechreuodd gamu'n ôl yn betrusgar. Ond yna, sylwodd Gwen ar lygaid y goeden. Roedden nhw'n llawn caredigrwydd a doethineb, ac yn gwneud i Gwen fod eisiau aros yn ei chwmni fymryn yn hirach.

"Sori am dy ddychryn di, Gwen, ond roeddet ti'n cosi dan fy ngheseiliau a fedrwn i ddim dal ddim mwy!" meddai'r goeden dan chwerthin.

Roedd ceg Gwen fel 'O' fawr erbyn hyn – ni fedrai gredu ei chlustiau! "Sut ydych chi'n gwybod beth yw fy enw i?" gofynnodd.

"Wel," meddai'r goeden, cyn pesychu dros y lle. "Wyddost ti'r llythyrau rwyt ti wedi bod yn eu hysgrifennu ers misoedd? Rwyt ti wedi bod yn eu stwffio nhw i gyd i mewn i fy motwm bol!" meddai'r goeden gan ddechrau chwerthin yn harti eto, ac ymunodd Gwen yn y chwerthin y tro hwn. Coeden â botwm bol? Pwy a feddylia?

"Beth yw eich enw chi, felly?" gofynnodd Gwen ymhen ychydig.

"Fi yw'r Goeden Hud!" atebodd honno'n falch.

"Ga i swatio wrth dy ymyl di, Goeden Hud?" mentrodd Gwen wedyn yn swil.

"Siŵr iawn, Gwen! A thra wyt ti yma, efallai yr hoffet ti ddweud wrtha i pam nad wyt ti wedi sgwennu ataf ers tro byd!"

Edrychodd Gwen yn ddigon euog o glywed hyn, ond roedd hi'n barod i egluro. Dywedodd wrth y Goeden Hud nad oedd hi wedi mynd i'r ysgol ers wythnos gyfan gron. Roedd yn rhaid i bawb aros adref, ac roedd Gwen yn hiraethu'n fawr am ei ffrindiau i gyd. Roedd hi wrth ei bodd adref, ond roedd hi hefyd yn gwirioni ar ddysgu pethau newydd bob dydd yn yr ystafell ddosbarth. Cyfaddefodd wedyn ei bod hi'n poeni am y byd a'i bobl i gyd, a hynny gan fod yna firws ar led oedd yn medru gwneud i ambell un deimlo'n giami.

Gwrandawodd y Goeden Hud ar bob gair nes ei bod bron â chrio. "Pe na fyddai fy mreichiau wedi cyffio cymaint gyda'r blynyddoedd," meddai, "mi fyddwn i'n rhoi mwythau mawr iti rŵan!"

Bu tawelwch rhwng y ddwy am ysbaid wedyn, ond yn sydyn reit, cododd Gwen ar ei thraed ac edrych i fyw llygaid y Goeden Hud. "Beth yw dy gyngor di imi, Goeden Hud?" holodd.

"Wel," dechreuodd y Goeden Hud, cyn tisian yn swnllyd. "Sori, clwy'r gwair. Lle'r oeddwn i? O ia, cyngor! Rydw i wedi byw ar yr hen fyd 'ma ers cannoedd o flynyddoedd bellach ac wedi gweld bob math o bethau, Gwen fach. Nid yw'r byd ar ei orau ar hyn o bryd, ond mi ddaw ato'i hun – rydw i wedi'i weld yn digwydd droeon o'r blaen! Ac rydw i'n gwybod dy fod yn hiraethu am dy ffrindiau, ond mi fydd gen ti wastad ffrind yn disgwyl amdanat ym mhen pellaf yr ardd. A wnaf i'r tro am rŵan?" meddai, gyda gwên chwareus ar ei hwyneb.

Ar hynny, clywodd Gwen ei mam yn gweiddi ei bod hi'n amser te. Roedd Gwen yn gyndyn o adael y Goeden Hud, ond roedd hi'n gwybod nad oedd hi'n mynd i symud i unman.

"Dos di," meddai honno'n llawn dealltwriaeth, "a chofia lle'r ydw i rŵan." Diolchodd Gwen drosodd a throsodd iddi, cyn ei throi hi am y tŷ yn teimlo beth wmbredd yn well. Roedd ganddi ffrind newydd, ac roedd gofal a geiriau ei chyfaill wedi gwneud byd o les iddi. Gwyddai Gwen fod pethau'n mynd i newid, ond erbyn hyn, gwyddai hefyd y byddai'r pethau hynny'n disgyn yn ôl i'w lle rhyw ddydd.

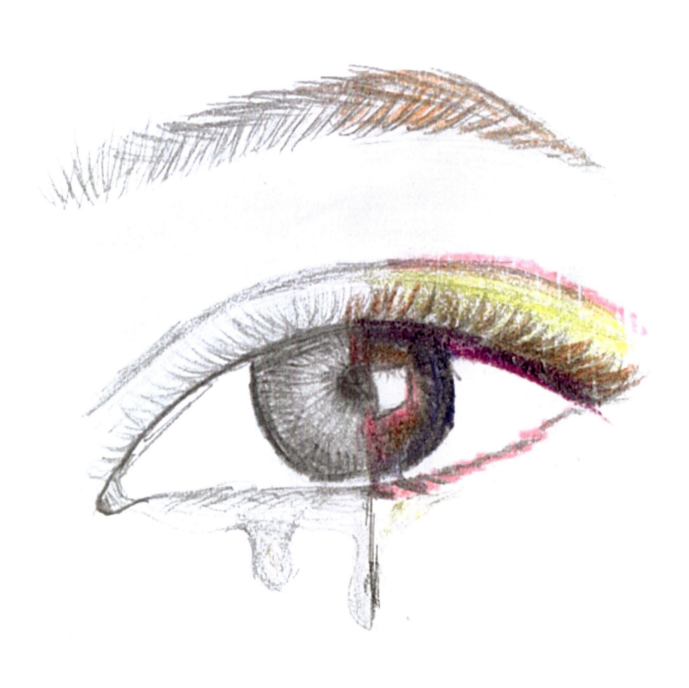

Cei Grio

Gwenlli Hydref Lewis-Williams | 12 oed
Ardal Penygroes | Ysgol Dyffryn Nantlle

Os yw dy fyd ben i waered
a'th galon yn teimlo'n fach,
a'r newyddion yn corddi dy feddwl
a'i lenwi â helbul a strach,
cei grio, os wyt ti'n dymuno,
boed igian neu boed feichio.
Gad i'r dagrau boliog lifo
nes teimlo dy dristwch yn cilio.

Sycha dy ddagrau bob yn un
yna cwyd gwr y llen,
a chlyw'r haul yn dweud yn dyner,
"Blentyn bychan, cei godi dy ben."

Crempogau Nain

Twm Aron Williams | 8 oed a Ned Arthur Williams | 5 oed
Ardal Penrhyn-coch | Ysgol Penrhyn-coch

Mae gan Twm a Ned feddwl mawr o'u nain, a hynny am amryw resymau. Mae hi'n siarad fel pwll y môr am bob dim dan haul, ac nid oes yna neb gwell na hi am ddweud jôcs! Mae ganddi ddigonedd o hanesion difyr am hyn ac arall, a bydd Twm a Ned yn gwrando'n astud ar bob un. Ond yn bwysicach na dim, mae eu nain yn ddynes garedig.

Mae ganddi wyneb llawn croeso, llygaid yr un lliw â'r môr, gwallt arian, a chalon fawr o aur. Mae ganddi air da i'w ddweud am bawb a bydd hi wastad yn gwneud yn siŵr ei bod hi'n gwisgo gwên lydan i gyfarch ei theulu a'i ffrindiau. Weithiau, pan fydd Twm a Ned yn teimlo'n drist, dim ond ychydig o garu mawr gan eu nain sydd ei angen i deimlo'n well eto. Nid oes dim byd fel mwythau Nain i roi'r byd yn ei le.

Mae yna hen edrych ymlaen at fynd i'w thŷ gan fod eu nain yn giamstar ar wneud crempogau. Mae hi'n cofio'r rysáit ar ei chof, ond mae'r tri yn dal i fesur pob dim er mwyn i'r brodyr gael dysgu. Ar ôl torchi eu llewys, aiff Twm i nôl yr offer coginio a Ned i dyrchu am y cynhwysion. Mae Twm yn mynd ati i fesur y siwgr a'i nain uwch ei ben, yn barod i gynnig help llaw os byddai angen hynny arno. Ned sydd â'r swydd nesaf o gracio'r wy, ac mae'n gwneud hyn gyda gofal. Yna, mae Twm yn tywallt y blawd i'r gymysgedd fel blanced drom o eira

dros bob dim.

Mae eu nain wedyn yn troi jochiad o lefrith bob yn dipyn i'r bowlen, tra mae Twm a Ned yn iro'r badell â menyn meddal. Bob yn ail, mae'r brodyr yn troi ychydig o'r gymysgedd i'r badell ac yn astudio'r cylchoedd bach blasus yn crasu yng ngwres y stof. Mae'r arogl yn tynnu dŵr i'w dannedd, ond rhaid aros tan amser te cyn eu bwyta er mwyn cael mwynhau'r wledd yn iawn.

Ac mae hi'n wledd a hanner hefyd! Digon o grempogau i borthi'r pentref i gyd, a thomen o siocled a surop hefyd. Mae Twm a Ned yn mwynhau bob cegaid ac yn crafu eu platiau nes eu bod yn sgleinio fel swllt. Ond cyn codi a mynd allan i chwarae, mae'r ddau'n dangos eu diolchgarwch i'w nain drwy olchi a sychu'r llestri budron, cyn cadw'r cwbl yn y cypyrddau tan y tro nesaf.

~ * ~

Mae'n rhyfedd iawn ar bawb, rŵan fod y byd dan ychydig o straen. Mae'n rhaid i Twm a Ned gadw draw oddi wrth eu nain am sbel er mwyn gofalu ei bod hi'n cadw'n iach. Maen nhw'n meddwl amdani'n aml, a hithau'n torri ei bol eisiau eu gweld hwythau. Ond fe ddaw'r dydd hwnnw – ac mae'n dod yn nes bob dydd. A phan ddaw, byddan nhw'n dathlu gyda phentwr o grempogau melyn. A'r crempogau hynny fydd y gorau eto.

Dros y Dŵr

Noa Gwilym | 6 oed
Ardal Trawsfynydd | Ysgol Bro Hedd Wyn

Roedd gan Noa lun yn ei ben ers tro o sut fyddai ei wyliau bach dros y dŵr yn edrych. Byddai ef, ei fam a'i nain yn deffro ben bore a byddai gwawr oren yn gwmni iddynt dros frecwast. Newid, glanhau dannedd, ymolchi a naid i'r câr. Byddai'r daith i'r maes awyr yn un braf a llon, yn chwarae 'Mi welaf i gyda'n llygaid bach i', a chyfri'r ceir melyn a fyddai'n eu pasio ar y ffordd. Mewn dim o bryd, byddai ei nain yn cyhoeddi; "Mi welaf i gyda'n llygaid bach i, rhywbeth yn dechrau gydag ... A!" Ac yno o'u blaenau, fel aderyn anarferol o fawr, byddai'r awyren yn aros yn ufudd am bobl i'w cludo i Iwerddon.

Wrth gerdded ar fwrdd yr awyren, byddai chwa ysgafn o wynt yn eu croesawu. Byddai golwg frysiog ar bawb wrth iddynt ruthro heibio i'w gilydd gyda llond eu hafflau o fagiau. Byddai chwys yn llithro fel llwybrau malwod i lawr eu bochau, a phob un yn cwyno a phwffian wrth chwilio am eu seti. O'i sedd, byddai Noa'n astudio wynebau ei gyd-deithwyr yn fanwl. Byddai ambell un yn cuchio'n anfodlon, rhai eraill wedyn yn edrych yn nerfus dros ben, ond byddai'r mwyafrif yn teimlo'n debyg iawn i Noa – yn llawn hyd yr ymyl o gyffro!

Byddai Noa'n eistedd gyda'i fam, ond byddent wedi trefnu ymlaen llaw fod ei nain yn eistedd drws nesaf. Byddai lledr ffansi ei set yn gwneud iddo deimlo fel brenin, ac fel erioed, byddai ei fam a'i nain wedi gwneud digon o frechdanau triongl a chacennau bach i lenwi twll, rhag ofn y byddai ei fol yn dechrau cnewian yn ystod y daith. Wrth i Noa ffidlan gyda'i deledu bach, byddai ei nain yn chwilota yn ei bag am fferen i'w sugno, a byddai ei fam yn dechrau ymlacio gan ei bod hi'n sicr, erbyn hynny, ei bod hi wedi pacio popeth.

Amser cychwyn. Sŵn 'clic' y gwregysau diogelwch yn cau gyda'i gilydd, ambell un yn sythu yn eu seti a sŵn clecian a rhuo wrth i'r awyren ddechrau deffro. Cyn cael cyfle i ddweud bw na be, byddai Noa'n cael ei godi o'r ddaear. Hen deimlad rhyfedd, byddai'n siŵr o feddwl, ond ni fyddai'n dychryn gan nad oes gan Noa ddim pwt o ofn uchder. Byddai'n diolch i'w fam am gael eistedd wrth y ffenest a byddai'n rhyfeddu gweld y caeau oddi tano yn crebachu fel dilledyn mewn peiriant sychu. Byddai'r lonydd yn edrych fel nadroedd troellog a'r môr o'r golwg dan gwrlid o gymylau gwynion.

Efallai y byddai Noa'n teimlo fel aderyn, yn hedfan yn uwch ac yn uwch wrth i'r byd fynd yn llai ac yn llai oddi tano. Bosib na fyddai eisiau dod yn ôl i lawr am sbel gan y byddai'n cael cystal hwyl yn yr awyr. Neu hwyrach y byddai'n ysu am gael glanio ar dir diogel a chael dechrau dathlu achlysur pen-blwydd ei nain yn nhŷ Anti Gwen, sydd yn byw ar yr Ynys Werdd. Byddai te parti bach gyda myrdd o gacennau ac anrhegion di-ri, ond yn bwysicaf oll, byddai cwmni da yn aros amdano.

Ond mae'n beryg y bydd yn rhaid i'r cwbl aros. Ni fydd Noa'n mynd i Iwerddon y Pasg hwn, ond daw digon o gyfleoedd eto. Mae'r byd angen ychydig o help llaw er mwyn gwella, felly gwell iddo aros adref. Ond mae un peth bach sydd yn rhaid i Noa ei gofio. Er bod ei nain yn ynysu am ychydig, ac er bod Anti Gwen yn byw yn bell, ddim ond i Noa roi caniad a byddai'r ddwy ben arall y ffôn. Er iddynt gadw pellter am y tro, mae Noa'n gwybod y bydd ei deulu bach mor agos ag erioed ar ôl i'r cyfnod cymhleth basio.

Dal Dwylo

Anna Jên Griffith | 9 oed
Ardal Llandyrnog | Ysgol Twm o'r Nant

Fel arfer, byddai Anna'n deffro gyda'r wawr a byddai ei gwisg ysgol yn fhongian ar ddrws y wardrob, wedi ei smwddio'n llyfn heb grych yn y golwg. Byddai ei mam wastad yn ei rhybuddio mai peth annoeth iawn yw mynd i'r ysgol ar stumog wag, ac felly byddai Anna'n brecwasta fel brenin bob bore. Ymolchi a glanhau ei dannedd wedyn, cyn gwasgu ei thraed i'w hesgidiau heb drafferthu agor y careiau. Sws glec ar foch ei mam ac allan â hi fel corwynt, a'r drws yn cau'n glep ar ei hôl.

Ond nid felly mae pethau heddiw, ac nid felly mae pethau wedi bod ers sbel chwaith. Nid oes gwisg ysgol yn aros amdani ar ddrws y wardrob bellach, ac mae'r halibalŵ boreol wedi diflannu. Yn ei le, mae mwy o dawelwch. Mae'r dyddiau'n toddi i'w gilydd, a phawb yn gorfod edrych ar galendr eu ffonau symudol er mwyn cofio pa ddiwrnod yw hi. Mae yna lai o olwg brys ar wyneb ei mam ac mae gan bawb amser i eistedd i lawr am sgwrs dros baned cyn wynebu cyfrifoldebau'r diwrnod. Mae Anna'n mwynhau hyn yn arw, ond ar yr un pryd, mae hi'n teimlo'n eithaf dryslyd. Beth ddigwyddodd i drefn arferol ei diwrnodau?

Fel arfer, byddai Anna'n camu i mewn i'r bws a'r gyrrwr yn ei chyfarch gyda'i "Haia pwt!" arferol. Byddai'n eistedd gydag Alys Wyn, Lleucu a Gwen, a byddai'r pedair yn sgwrsio ar draws ei gilydd ac yn chwerthin llond eu boliau'r holl ffordd at giât yr ysgol. Ond heddiw, ni chaiff Anna fynd ar yr un bws. Mae hi'n cael mynd am dro unwaith y diwrnod, ond nid yw pethau yr un fath heb ffrind bob ochr iddi'n dal dwylo bob cam o'r daith.

Mae gan Anna hiraeth heddiw. Mae'r ysgol wedi cau ers tair wythnos gyfan gron, ac nid oes ganddi syniad pryd y bydd hi'n agor ei drysau eto. Mae hi'n hiraethu am ganu yn y gwasanaeth, am amser chwarae ar yr iard ac am gacen eisin a chwstard amser cinio. Mae hi'n hiraethu am anogaeth yr athrawon, am garedigrwydd y cogyddion, a hyd yn oed y gwersi tablau!

Ond yn fwy na dim, mae hi'n hiraethu am Alys Wyn, Lleucu a Gwen. Byddai'n rhoi'r byd i gyd yn grwn am gael treulio un prynhawn yn eu cwmni, ond mae hi'n gwybod na fydd hynny'n bosib tan i'r peryg basio. A'r hyn sydd yn rhaid i Anna gofio yw na fydd y peryg yn para am byth. Fe ddaw'r dydd pan fydd y storm wedi cilio, a chaiff Anna weld ei ffrindiau eto – a dal dwylo'n dynn.

Y Mynyddoedd a Fi

Betsi Lw Myfanwy Hoyland | 9 oed
Ardal Gerlan, Bethesda | Ysgol Penybryn

Mae yna rywbeth hudolus iawn am fynyddoedd. Maen nhw mor gadarn yr olwg – yn dal eu tir ac yn gwrthod symud i neb. Mewn gwledydd pell i ffwrdd, mi ddaw yna stormydd mawr i mewn o'r môr a chwalu pob dim sydd o fewn eu llwybrau. Ond nid y mynyddoedd – mae'r mynyddoedd yn aros.

Rydw i'n ffodus iawn. Caf y fraint o ddeffro bob bore, agor y llenni a chael fy nghroesawu gan gadwyn hir o fynyddoedd yr ochr arall i'r gwydr. Mi gymerodd sbel go hir imi ddysgu eu henwau i gyd, ond mae gen i well syniad o lawer erbyn hyn. Y Carneddau, Y Glyderau, Pen yr Ole Wen ... mi allwn eu rhestru nes byddai fy ngheg yn sych fel tywod y Sahara!

Bob tro yr ydw i'n edrych tua chopaon y mynyddoedd hyn, rydw i'n breuddwydio am gael bod yno. Byddwn yn dychmygu sut y byddai'r byd yn agor fel map oddi tanaf. Byddai'r caeau yn sgwariau o bob siâp, y ceir fel chwilod bychain a'r môr yn rhuban arian yn y cefndir.

Ond nid oes rhaid imi freuddwydio na dychmygu'n rhy hir. Rydw i a fy nheulu allan yn yr awyr agored ym mhob tywydd, ac yn gwerthfawrogi bob dim sydd gan fyd natur i'w gynnig inni. Rydw i wedi hen arfer ar glywed Mam neu Dad yn rhoi bloedd: "Betsi, rydan ni'n mynd am dro!" a finnau'n sodro'r esgidiau cerdded ar fy nhraed cyn eu dilyn yn eiddgar drwy'r drws, yn barod am yr antur nesaf.

Er eu harddwch, nid yw'r mynyddoedd mawrion o fy amgylch yn cymharu gyda'r foel fach gerllaw ein tŷ ni. Dyma fy hoff le, ynghanol y rhedyn a'r brwyn, a'r gwellt dan droed wedi crino'n aur yn yr haul. Mae yna lwybrau defaid yn arwain i bob cyfeiriad, ond rydym ni wastad yn dod o hyd i'r un sydd yn arwain tuag at y copa yn y diwedd.

Ar ddiwrnod clir, teimlaf fel pe bai gen i sbectol hud ar fy nhrwyn. Mae'r byd islaw yn edrych ar ei orau, a'r haul fel pe bai wedi ymddangos o'r tu ôl i gwmwl – yn arbennig i mi. Ond yn bennaf oll, rydw i'n mwynhau'r llonyddwch a'r tawelwch mae'r foel yn ei roi imi, ymhell o gynnwrf a phrysurdeb bywyd bob dydd.

Ar ôl diwrnod o grwydro, mae fy nghoesau'n dueddol o frifo. Ond rydw i wastad yn teimlo'n werthfawrogol iawn o gofio bod fy nghoesau wedi fy ngharior'r holl ffordd at y copa. Ac wrth gau'r llenni ar ddiwrnod arall, gwelaf y machlud yn mynd i guddio tu ôl i'r mynyddoedd. Gwenaf gan imi wybod y byddan nhw yno i fy nghyfarch eto drannoeth. Wnaiff y mynyddoedd fyth fy ngadael i.

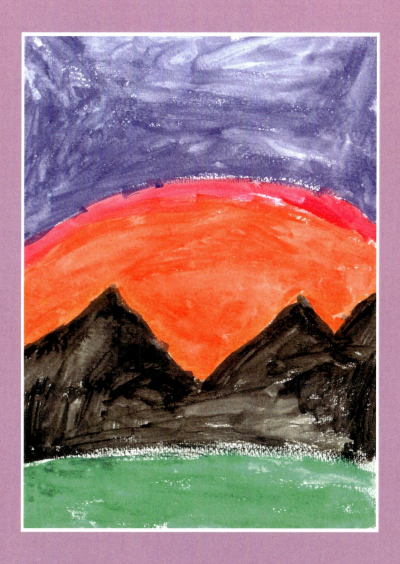

Celyn a'r Dylwythen Deg

Celyn Glain Hughes | 10 oed
Ardal Talysarn | Ysgol Bro Llifon

Roeddwn i newydd golli'r olaf o fy nannedd babi ac wedi lapio'r dant yn dwt mewn gwlân cotwm a'i osod o dan fy ngobennydd plu. Y noson honno fyddai ymweliad olaf y dylwythen deg. Ar un olwg, roedd hynny'n arwydd da oherwydd byddai gen i lond ceg o ddannedd mawr cyn i wyliau'r haf ddod i ben. Ond wedi dweud hynny, byddai'n chwith heb yr haelioni – pwy fyddai'n dod â darnau punt imi liw nos o hyn ymlaen?

Roedd yna rywbeth bach arall yn fy mhoeni hefyd – roedd y dylwythen deg yn ddirgelwch llwyr! Am flynyddoedd, bu'n cripian yn gyfrwys i mewn i fy stafell wely pan oeddwn i'n cysgu'n sownd, a byddwn yn ceisio fy ngorau glas i aros ar fy nhraed drwy'r nos er mwyn ei chyfarfod, ond dim lwc! Roedd y dylwythen deg yn ddieithryn, ond roeddwn i'n benderfynol o ddod i'w hadnabod yn well cyn gorfod ffarwelio am byth.

Fe es ati, felly, i ysgrifennu llythyr at y dylwythen deg. Mae si ar led fod y creaduriaid pitw hyn mor fach â gronynnau siwgr, felly chwyddais fy ysgrifen yn fawr i wneud yn siŵr fod y dylwythen yn medru darllen y cwbl lot. Tri chwestiwn oedd gen i ar fy mhapur, a gadewais ddigon o le o dan bob cwestiwn i'r dylwythen gael ateb. Roedd gen i lond llaw o gwestiynau eraill hefyd, ond roeddwn i'n gwybod bod gan bob tylwythen deg swydd brysur gyda'r nos yn casglu dannedd o bob cwr o'r byd, ac felly doedd fiw imi ddwyn gormod o'i hamser prin.

Cefais gryn dipyn o helynt wrth geisio cysgu'r noson honno. Roedd fy nhraed yn drybeilig o oer, fy wyneb yn ferwedig o boeth, ac roedd cwrlid y gwely wedi colli ei siâp yn llwyr. Roeddwn i'n cwyno ac yn gwingo am amser maith, ond diolch i'r drefn, llwyddais i gipio rhyw ddwyawr o gwsg yn y diwedd.

Deffrais yn sydyn gan deimlo rhywbeth cynnes yn cosi fy ngwar. Clywais sŵn

adenydd yn cyhwfan yn dawel yn fy nghlust, a gwelais sbarc yn tywynnu o gornel fy llygaid. Troais fy mhen yn ara' deg bach a gweld y dylwythen deg brydferthaf erioed yn eistedd yn llipa ar f'ysgwydd, fel doli glwt ar silff mewn siop. Doedd gen i ddim ofn o fath yn y byd – nid oedd hi'n fawr o damaid wedi'r cwbl! Roedd hi'r un maint â blaen fy mys bach mewn gwirionedd, ac roedd arogl blodau gwylltion yn tasgu ohoni. Roedd ganddi adenydd o liw arian gloyw, ac roedd hi'n sibrwd ei geiriau'n ddistaw yn fy nghlust.

"Mae fy ysgrifen yn rhy fach iti fedru ei darllen hi," meddai, "ond gan dy fod wedi rhoi cymaint o ddannedd i Deyrnas y Tylwyth Teg dros y blynyddoedd, mi wna i ateb dy gwestiynau di heno.”

Roeddwn i'n glustiau i gyd! Carthais fy ngwddf ac adrodd y cwestiwn cyntaf gyda llais clir: “Lle ydych chi'n byw?”

“Dwi'n byw yng ngwaelod Llyn Bregliach, ymhell i ffwrdd o bob man. Mae sawl un wedi ceisio dod o hyd i'n teyrnas ni, ond wedi methu bob tro. Fe wnaethon ni greu'r llyn gyda hud a lledrith ac felly mae'n anweledig i bawb a phopeth, heblaw amdanon ni'r tylwyth teg. Ni alla i ddatgelu mwy na hynny, mae arna i ofn!”

“Peidiwch â phoeni, wir!” meddwn innau, wedi bodloni'n llwyr gyda'r ateb. “Y cwestiwn nesa yw – beth ydych chi'n ei fwyta?”

“O!” meddai'r dylwythen fach, gan chwerthin yn llon. “Rydan ni'n meddwl mwy am ein boliau nag am unrhyw beth arall, a dweud y gwir yn blaen. Bwyta ychydig o bopeth hefyd … ond hufen dwbl yw fy ffefryn i. Rydan ni'n casglu sbarion o geginau tai ac yn rhoi beth bynnag sydd dros ben mewn sach i'w gario adre gyda ni. Ond fydden ni byth yn mynd i fusnesa yn y cypyrddau a phethau felly – rydan ni'n barchus iawn!”

“Difyr iawn, a diolch am lanhau'r briwsion!” meddwn innau'n werthfawrogol, a winciodd y dylwythen arna i. “Felly, y cwestiwn olaf, ydych chi'n barod amdano?”

“Tyrd â fo!”

“Beth ar wyneb y ddaear ydych chi'n ei wneud gyda'r holl ddannedd?”

“Adeiladu'r deyrnas, siŵr iawn!” atebodd y dylwythen deg yn wybodus. “Heb ddannedd, ni fyddai teyrnas yn bod a byddai ein bywydau ni'n dlawd a digalon.”

“Ro'n i wedi amau!” dywedais, yn teimlo'n freintiedig o gael gwybod cymaint am greadur arallfydol. Ond cyn inni gael cyfle i siarad mwy, dechreuodd y dylwythen deg edrych yn frwd am fy nant, gan straffaglu i godi'r gobennydd trwm. Codais gornel y defnydd a diolchodd wrth daflu'r dant i'w sach. Tynnodd ddarn arian crwn ohoni a'i roi yn anrheg imi. Y darn punt olaf.

“Diolch,” meddwn, gan deimlo lwmp cas yn codi yn fy ngwddf. Roeddwn i jest â chrio.

"Diolch i ti!" atebodd hithau. "Hebot ti, fyddai gen i ddim pedair wal o
'nghwmpas na tho uwch fy mhen!"

Ac ar hynny, agorodd ei hadenydd yn llydan fel paun a hedfan i ffwrdd i'r nos, gan
adael dim ond arogl blodau gwylltion ar ei hôl ... hynny a'r darn punt, wrth gwrs.

I'r Lleuad ac yn Ôl

Alwen Eifion Hughes | 10 oed
Ardal Morfa Nefyn | Ysgol Edern

Mae gen i feddwl y byd o Mam a Dad. Y nhw brynodd y dillad sydd ar fy nghefn. Y nhw goginiodd y bwyd sydd yn fy mol. Y nhw sydd wedi fy nysgu i lanhau fy nannedd yn drylwyr am ddau funud, ddwywaith y dydd, i gyfri i ddeg cyn gwylltio ac i ddweud 'diolch' cyn gadael y bwrdd bwyd bob tro.

Rydw i'n meddwl fod gan Mam a Dad dipyn o feddwl ohonof innau a fy mrodyr hefyd. Mae'r ddau yn gweithio'n galed iawn er mwyn gofalu ein bod ni'n pedwar yn cael bywydau braf. Ond maen nhw'n dangos maint eu cariad mewn ffordd arall hefyd, a hynny drwy ddweud eu bod yn ein caru ni 'i'r Lleuad ac yn ôl'.

Pan oeddwn i'n hogan fach, wyddwn i ddim beth oedd ystyr dweud rhywbeth felly. Roedd clywed y geiriau wastad yn gwneud imi deimlo'n gynnes a diogel, ond nid oeddwn i'n deall yr ystyr yn iawn. Ond wrth dyfu'n hogan fawr, dechreuais feddwl mwy am yr holl beth ac un diwrnod, penderfynais fynd ati o ddifri i ymchwilio i'r pellter rhwng y Ddaear a'r Lleuad.

Roeddwn i wedi clywed fod Timbyctŵ yn bell, ond ddim mor bell â'r Lleuad. Mae'r Lleuad yn bellach i ffwrdd na Tsieina a Japan, hyd yn oed! Oeddech chi'n gwybod bod pob gwlad arall yn y byd i gyd yn agosach at fy nhŷ i na'r Lleuad? Wir yr, dim gair o gelwydd!

Mi fyddai hi'n cymryd tua thri diwrnod i long ofod wibio o'r Ddaear i'r Lleuad, ond mae llong ofod yn teithio ar gyflymder gwirion o sydyn. Fyddai car byth yn medru cyrraedd mewn tri diwrnod, na thri mis chwaith!

Pe bai lôn hir yn ymddangos dros nos ac yn arwain y ffordd at y Lleuad, yna byddai'n cymryd bron i chwe mis i gar gyrraedd ati (yn dibynnu ar y traffig, wrth gwrs!). Allwch chi ddychmygu pa mor hir y byddai'n ei gymryd i gerdded at y

24

Lleuad, felly? Blynyddoedd ar flynyddoedd, mae'n siŵr. Mae fy nwy droed i'n medru fy nghario i'n bell iawn, ond ddim mor bell â hynny!

Ar ôl oriau maith o ymchwilio, rhoddais fy meiro i lawr a chodi i edrych drwy'r ffenest. Roedd hi'n noson olau, a'r sêr i gyd yn sgleinio fel modrwy briodas Mam. Roedd y Lleuad yn llawn, fel darn pum ceiniog yn yr awyr. Mae'r Lleuad yn anferthol, ond roedd hi'n edrych yn bitw bach o ffenest fy llofft gan ei bod hi gannoedd ar filoedd o filltiroedd i ffwrdd.

Ar ôl treulio diwrnod cyfan yn ymchwilio'n fanwl i'r pellter rhwng adref a'r Lleuad, y wers bwysicaf imi ei dysgu oedd ei bod hi'n goblyn o job mesur rhywbeth mor eithriadol o bell. Mae'n debyg fod yr un peth yn wir am faint cariad Mam a Dad tuag atom ni'n pedwar, felly; mae hi'n goblyn o job mesur rhywbeth mor eithriadol o fawr.

Noa Ninja'r Nos

Idris Morus Hughes | 7 oed
Ardal Caerdydd | Ysgol Treganna

Fe ofynnodd yr athrawes i'r dosbarth wneud lluniau o'u harwyr. Lluniau o'u tadau a'u mamau a wnaeth y mwyafrif, ac roedd y gweddill yn lluniau o chwaraewyr rygbi a phêl-droed. Ond dilynodd Idris drywydd gwahanol. Aeth i fyd dychmygol, gan ffurfio cymeriad a fyddai'n dod yn fyw yn y nos er mwyn cyflawni tasgau a fyddai'n gwneud y byd yn lle gwell. Galwodd y cymeriad dychmygol yn Noa. A'i enw llawn? Noa Ninja'r Nos.

Edrychodd Idris ar Noa gyda balchder. Cafodd seren aur gan yr athrawes am ei ymdrech, a broliodd ei fam y llun i'r cymylau. O! byddai'n wych cael cyfarfod Noa a dilyn ei anturiaethau, meddyliodd Idris, cyn teimlo'n wirion am feddwl y fath beth, gan mai o ddychymyg byw ac ychydig o binnau ffelt y gwnaed Noa, ac nid o gig a gwaed.

Y noson honno, bu Idris yn troi a throsi am oriau. Roedd ei feddwl ar garlam gan iddo freuddwydio ei fod yn sleifio o gwmpas y pentref gefn nos gyda Noa, yn cyflawni llond llaw o dasgau amrywiol. Deffrodd cyn i'r freuddwyd orffen, a cherddodd i'r tŷ bach yn pendroni sut fyddai'r diweddglo'n edrych pe bai wedi cau ei lygaid am fymryn yn hirach.

Yfodd lond ceg o ddŵr er mwyn torri ei syched, cyn dychwelyd i'w wely yn y gobaith o fedru dychwelyd at y freuddwyd. Ond wrth gerdded drwy'r drws, bu bron iddo â sgrechian dros Gymru – roedd rhywun arall yn yr ystafell! Yno'n sefyll o'i flaen gyda'i wallt fflamgoch, ei glogyn hir a'i fwgwd oren, oedd Noa Ninja'r Nos.

"Noswaith dda, Idris," meddai mewn llais dwfn. "Noa Ninja'r Nos ydw i, a dwi'n gwneud y byd yn lle gwell, un noson ar y tro."

Llyncodd Idris ei boer yn nerfus, yn methu'n glir â chredu bod ei arwr yn sefyll o'i flaen.

"Dwi angen dy help di, Idris. A wnei di fy helpu i wneud y byd yn lle gwell, un noson ar y tro?"

Estynnodd Noa ei law allan, a heb fawr ystyriaeth, ysgydwodd Idris hi mewn dealltwriaeth. Gwenodd Idris ei wên orau, ond roedd golwg ddifrifol ar wyneb Noa.

"Reit, i ffwrdd â ni felly!" ac i ffwrdd â'r ddau i'r nos – Idris yn slei bach drwy'r drws cefn, a Noa fel siot drwy'r ffenest. Cyfarfu'r ddau yn yr ardd, a thynnodd Noa rolyn o bapur allan o'i boced cesail, cyn clirio ei wddf a dechrau darllen.

"Y dasg gyntaf," meddai gyda llais awdurdodol fel plismon, "yw dod o hyd i gath y ddynes fach yn rhif 9, Stryd y Nant. Mae gen i lygaid ym mhobman, ac felly, gallaf weld fod y gath yn crwydro yng nghanol y dref. Ond mae'n rhaid imi gael dy help di i'w chario hi yn ôl i'w chartref gan nad ydw i'n hoff o gathod! Mae eu blew yn glynu wrth fy ngwisg arbennig, ac mae'n gas gen i hynny."

Roedd canol y dref yn od o dawel, heb sŵn yr un car na chaniad yr un corn. Daeth y ddau o hyd i'r gath yn syth bìn, a bu honno'n canu grwndi ym mynwes Idris yr holl ffordd yn ôl i rif 9. Gosodwyd hi ar stepen y drws, a chanodd Noa y gloch cyn diflannu i'r llwyni, gydag Idris yn pwffian ar ei ôl. Arhosodd y ddau yno i weld golau'n ymddangos yn y tŷ. Daeth hen wraig wargrwm i'r drws yn gwenu fel plentyn ar ddiwrnod Nadolig o weld ei chath yno'n barod am ei llaeth. Sylwodd Idris ar arlliw o wên ar wyneb Noa, ond diflannodd mor sydyn ag y daeth hi.

Yr ail dasg oedd trwsio beic hogyn ifanc yn rhif 15, Lôn yr Efail. Noa oedd yn trwsio, a swydd Idris oedd pasio sbaneri o wahanol feintiau iddo a'u cadw'n ôl yn eu lle cywir wedyn. Roedd hi'n amlwg fod Noa yn canolbwyntio gan fod ei dalcen wedi crychu ac roedd ei dafod yn sticio allan o'i geg. Rhoddodd olew iro ar y gadwyn, rhwbiodd ei ddwylo ar hen gadach a gosododd y beic ar stepen y drws.

Canodd Noa y gloch cyn diflannu i'r llwyni, gydag Idris yn rhedeg ar ei ôl â'i wynt yn ei ddwrn. Arhosodd y ddau yno i weld golau'n ymddangos yn y tŷ. Daeth bachgen ifanc heglog i'r drws, a goleuodd ei wyneb o weld ei feic yno'n edrych fel newydd. Sylwodd Idris fod wyneb Noa yn goleuo hefyd, ond daeth cysgod tywyll drosto'n sydyn.

Y dasg olaf oedd nôl bwyd i deulu tlawd yn rhif 21, Ffordd y Wennol. Roedd y siopau i gyd ar gau, ac felly aeth y ddau i nôl tatws a moron a swêj o gae Ffranc y Ffermwr Ffeind. Swydd Noa oedd codi'r llysiau o'r pridd, ac yna roedd Idris yn eu casglu i fasged bren. Gadawodd Noa bapur ugain punt o dan garreg yng nghanol y cae, gyda nodyn yn egluro'r sefyllfa. Byddai Ffranc yn siŵr o ddeall.

Cyrhaeddodd y ddau rhif 21, a gosododd Idris y fasged bren ar stepen y drws. Canodd Noa y gloch cyn diflannu i'r llwyni gydag Idris yn ymladd am wynt ar ei ôl. Arhosodd y ddau yno i weld golau'n ymddangos yn y tŷ. Daeth teulu bach clòs i'r drws, yn gweiddi mewn llawenydd o weld digon o fwyd i bara wythnos yn aros amdanynt. Sylwodd Idris fod deigryn ar foch Noa hefyd, ond gadawodd Noa iddo lifo. Nid oedd am guddio ei deimladau y tro hwn.

Ffarweliodd Idris a Noa y noson honno drwy ysgwyd llaw a chytuno cyfarfod eto'r noson ganlynol. Neidiodd Noa yn ôl i ganol y llun ar y papur, a neidiodd Idris yn ôl i'w wely. Roedd wedi blino nes ei fod yn gweld sêr, ac aeth i gysgu'n braf wrth feddwl ei fod am gael gwneud y byd yn lle gwell, un noson ar y tro.

Tŷ Coch

Cadi Fflur Midwood | 11 oed
Ardal Morfa Nefyn | Ysgol Edern

Mae lle ym Mhen Llŷn sydd yn agos iawn at galon Cadi. Mae hi wedi clywed ambell un yn galw'r lle'n 'hudolus', eraill wedyn yn ei alw'n 'nefoedd ar y ddaear'. Mae'n lle arbennig i sawl un, ond i Cadi, nid oes unman arall yn cymharu. Tŷ Coch yw'r gorau o holl lefydd y byd.

Tafarn ar draeth ym Morfa Nefyn yw Tŷ Coch. Mae yna groeso mawr i bawb yno, boed aeaf neu boed haf. Mae'r lle weithiau'n dawel a chysurus, droeon eraill yn llawn bwrlwm a phawb yn chwerthin fel un gŵr. Caiff Cadi lond trol o hwyl bob tro, a byddai'n diolch yn aml am gael byw mewn lle mor braf.

Wrth gerdded linc-di-lonc i lawr y llwybr cul, mae Cadi'n teimlo'r cyffro'n codi yn ei bol. Mae'r haul ganol pnawn wedi cyrraedd y traeth o'i blaen hi, ac wedi cynhesu digon ar y dŵr. "Chwarae teg i'r haul, mae o wedi gwneud yn siŵr fod y tywod yn ddigon sych imi osod y picnic arno hefyd!" meddai Cadi wrth dynnu ei sandalau a chamu ar y traeth.

Cyn chwarae, mae'n rhaid i Cadi wneud yn siŵr fod ganddi ddigon o fwyd yn ei bol. Mae hi'n dechrau drwy gnoi'r brechdanau cranc yn awchus. Mae ychydig o dywod yn glynu wrth y bara, ond nid yw Cadi'n hidio dim am hynny. Mae Ifan, ei brawd, yn agor paced o greision hallt, ac yn dweud wrthi am helpu ei hun. "Go dda, Ifan! Y rhain yw fy ffefryn i!" ebychodd. Mae ganddi deimlad da am heddiw.

Ar ôl gwledd felys o fefus a mafon, a chegaid o ddiod afal, mae Cadi ac Ifan yn gorwedd ar y tywod meddal am seibiant. Mae eu mam yn eu gwylio o bell, ac yn eu rhybuddio i beidio â chadw reiat yn syth ar ôl bwyta, neu bydd gan y ddau boen bol.

"Mae Mam yn llygad ei lle, tydi, Cadi?" meddai Ifan.

"Ydi," cytuna Cadi, "mae hi'n ddoeth iawn, dwi ddim isio teimlo'n sâl ar ddiwrnod cystal â heddiw."

Ar ôl ymlacio, mae'r ddau yn codi ac yn ymestyn eu breichiau'n gysglyd. "Awn ni â'n traed i'r dŵr?" hola Ifan, ag ôl her ar ei wyneb.

"Ia, ras at y lan a phwy bynnag sy'n colli sy'n gorfod cario'r fasged bicnic yn ôl i'r car!" gwaedda Cadi dros ei hysgwydd wrth redeg nerth ei pheglau at y tonnau bach.

Ac yno yng ngwres hael yr haul y bu Cadi ac Ifan yn chwarae drwy'r dydd. Yn taflu pêl a'r dŵr yn codi at eu pengliniau, ac yn codi cestyll mawrion o dywod, cyn eu gwylio'n disgyn yn ddarnau. Roedden nhw wedi hel llond eu pocedi o gregyn unigryw ac wedi mwytho mwy o gŵn nag erioed o'r blaen! Roedd y ddau yn cael modd i fyw ac yn edrych ymlaen at gael gwneud llun o'u diwrnod perffaith ar ôl dychwelyd adref.

Cyn pen dim, roedd y ddau wedi blino'n lân. Roedd y rhan fwyaf o bobl wedi mynd i hwylio eu swper, ac ambell un arall yn dechrau hel eu pethau at ei gilydd. Edrychodd Cadi ar y môr yn tawelu a'r cychod bach yn llonyddu. Gwelodd fod yr haul, hyd yn oed, yn paratoi i fynd i'w wely! Roedd hi'n amser ffarwelio â'r traeth am y tro.

"Ond pwy sydd am gario'r fasged yn ôl i'r car?" gofynnodd eu mam cyn gadael.

Trodd Ifan at Cadi gan ddisgwyl ateb.

"Beth am inni ein dau gario'r fasged, fraich yr un? Ni fyddai'n rhy drwm i'r un ohonom ni wedyn!" cynigiodd Cadi, a chytunodd Ifan ar unwaith gan iddo wybod bod rhannu baich yn bwysig. Gwenodd y ddau ar ei gilydd yn gytûn, cyn ei throi hi tuag adref yn fodlon iawn eu byd.

Gwneud Llun

Efa Mair Williams | 6 oed
Ardal Pwllheli | Ysgol Cymerau

Roedd hi'n noson drybeilig o oer a'r barrug yn crisialu'r gwellt dan draed, gan achosi sŵn crensian gyda phob cam a gymerodd Efa at y tŷ bwyta. Prin iddi fedru teimlo blaenau ei bysedd gyda'r oerfel, ond teimlodd gynhesrwydd ar yr un pryd gan fod y teulu oll yn cerdded fraich ym mraich, a phawb wedi lapio fel nionod. Roedd sŵn clychau'n tincial yn y dref gyfagos a phob man yn pefrio gyda'u goleuadau Nadolig ffansi. Pefriodd llygaid Efa hefyd o weld fod y byd wedi ei addurno mor dlws.

Roedd hwrlibwrli'r tŷ bwyta yn aros amdani, ac felly i mewn â hi gan ddilyn ei theulu at eu bwrdd. Sylwodd Efa ar bopeth o'i chwmpas – roedd hi'n hoff iawn o wneud hynny! Roedd y lle'n byrlymu o sgyrsiau rhwng pobl ddieithr a phob un yn gwenu fel pe bai hi'n Nadolig bob diwrnod o'r flwyddyn. Sylwodd Efa fod un dyn yn chwerthin fel cawr bob hyn a hyn gan achosi i fyrddau'r tŷ bwyta grynu gan ofn, tra bod wyneb dyn arall yn goch fel draig gan fod gormod o sbeis yn ei swper.

Astudiodd Efa y fwydlen yn ofalus gan bwyso a mesur ei dewisiadau. "Dim twrci heno, mae hynny'n sicr!" meddai'n gadarn, a chwarddodd ei theulu o waelod eu boliau. Roedd hi wedi cael llond bol ar ginio Nadolig, un ar ôl y llall, ac nid oedd ganddi ddim ofn gadael i bawb wybod hynny! Dewisodd y pryd a oedd yn swnio'n fwyaf difyr, gan ofyn yn garedig am sglodion hefyd.

Mater o aros oedd hi wedyn. Roedd ei bol yn gwneud sŵn cnewian, ac nid oedd yr aroglau bendigedig o'r gegin yn helpu dim ar hynny! Pe na fyddai hynny'n ddigon, roedd Efa druan ar goll mewn sgyrsiau pobl fawr hefyd, yn methu'n glir ag ymuno gan nad oedd hi'n deall dim gwerth ar bethau felly. Gorffwysodd ei phen ar y bwrdd yn ddigalon.

"Beth sydd, pwt?" gofynnodd ei mam, gan fwytho ei gwallt yn gariadus.

"Dwi ddim yn deall sgyrsiau pobl fawr," atebodd Efa'n dawel.

"Beth am estyn y llyfr gwneud lluniau o fy mag ar ôl bwyta, i bawb gael ymuno a gwneud llun gyda ti? Fyddet ti'n licio hynny?" cynigiodd ei mam yn obeithiol.

Nodiodd Efa'n awyddus a dychwelodd y wên i'w hwyneb. Cyn pen dim, roedd gan bawb blatiad o'u blaenau a dechreuodd pob un dyrchu drwy'r wledd gyda'u cyllyll a'u ffyrc. Roedd yna flas anhygoel ar fwyd Efa, ac roedd ei sglodion wedi eu coginio'n union fel yr oedd hi'n eu hoffi – wedi brownio ychydig ar yr ymylon, ond eto'n ddigon meddal y tu mewn! Er iddi fwynhau bob tamaid, roedd hi ar ras i orffen ei bwyd gan mai'r peth pwysicaf ar ei meddwl oedd addewid ei mam.

Crafodd pawb eu platiau yn lân a'u pentyrru, un ar ben y llall, ynghanol y bwrdd. Roedd ambell un yn cwyno eu bod wedi stwffio gormod, ac ambell un arall yn dylyfu gên gan fod eu boliau mor llawn. Roedd un peth yn sicr – roedd pawb wedi cael mwy na digon o'u siâr, ac roedden nhw'n barod i ymlacio. Dyna pryd ymddangosodd y llyfr gwneud lluniau.

Daeth y plant i gyd at ei gilydd, yn frodyr a chwiorydd, yn gefndryd a chyfnitherod. Doedd yna ddim codi llais na lliwio ar draws ei gilydd. Yn hytrach, roedd pawb yn tynnu llun yn eu tro fel bod pob un yn cael yr un chwarae teg wrth gymryd rhan. Roedd yna ddigonedd o bensiliau, a manteisiodd pawb yn llawn ar hynny drwy ddefnyddio pob pensil lliwgar a oedd yn y bocs. Bu llawer o frolio'r sgiliau arlunio, ac roedd yr oedolion yn sicr byddai yna nythaid o artistiaid yn y teulu rhyw ddydd! Cyn gorffen, ychwanegodd yr oedolion fanylion bychain, fel bod pob un wan jac wedi gadael eu marc ar y campwaith.

Edrychodd Efa ar y llun terfynol gydag edmygedd. Diolchodd fod pawb wedi cymryd seibiant byr o'u siarad pobl fawr i dynnu llun fel plant bach am ychydig – roedd hynny wedi gwneud byd o les i bawb. Byddai'n rhaid iddi drysori'r llun a'i gadw yn ei bocs atgofion adref, neu ei fframio, hyd yn oed, os câi ei ffordd ei hun! A gallai edrych arno mewn blynyddoedd i ddod a chofio fel y daeth y teulu oll at ei gilydd un noson a chreu rhywbeth prydferth ar y cyd.

Yr Olwyn Hud a Lledrith

Llewelyn Ynyr Ellis | 6 oed
Ardal Minffordd, Penrhyndeudraeth | Ysgol Cefn Coch

Ar ôl diwrnod o ddiogi rhwng pedair wal, roedd Llew angen ymestyn ei goesau. Llusgodd ei draed drwy ddrws y tŷ a dilynodd yr un llwybr a gerddodd ganwaith o'r blaen. Gan iddo fod yn bêl-droediwr brwd, aeth â phêl gydag o i'w driblo ar y daith. Roedd yn cofio pob pant a thro yn y llwybr, ac felly prin fod angen iddo godi ei olygon o'r llawr. Ond yn sydyn, trawodd Llew ei ben yn erbyn rhywbeth go galed, a disgynnodd ar ei hyd ar y cerrig mân oddi tano.

Ar wahân i bendro ac ambell sgriffiad, nid oedd Llew yn ddim gwaeth. Ond beth yn y byd ddigwyddodd? Roedd wedi drysu'n lân, ac wrth dynnu'r siafins oddi ar ei ddillad, sylwodd fod rhywbeth arall yn rhannu'r llwybr gydag ef. O'i flaen, roedd olwyn liwgar ar y naw yn hawlio'r llwybr cyhoeddus iddi hi ei hun. Ond sut ar y ddaear gyrhaeddodd hi'r fan hon, a beth oedd ei phwrpas hi?

Cyn i Llew gael amser i feddwl ymhellach, daeth golau gwyn o ganol yr olwyn, a chlywodd lais angylaidd o'i chyfeiriad:

"Y fi yw'r Olwyn Hud a Lledrith, a dwi am ddangos i ti sut fyddai'r byd yn edrych pe bai dy dri dymuniad di'n cael eu gwireddu. Dweud i mi, beth fyddai dy dri dymuniad?"

Nid oedd Llew yn deall y gêm yn llwyr, ond penderfynodd chwarae beth bynnag. [c]rafodd ei ben am beth amser, gan bwyso a mesur ei ddymuniadau oll. [D]endraw, cyhoeddodd ei dri dymuniad gyda hyder:

"Yn gynta, mi faswn i'n licio pe bai pob gronyn o dywod yn [ ]t. Yn ail, mi fyddai'n grêt pe bai'r ysgolion i gyd yn cau [ ] li laru ar y symiau anodd, ac ar ddeffro mor gynna[ ] [ ]oll fwyd y byd yn cael eu gadael ar stepen fy[ ] [ ]byth, er mwyn imi gael digon o ddewis b[ ]

Dechreuodd yr Olwyn Hud a Lledrith droi yn wirion bost, nes gwaethygu pendro Llew druan. Yna, heb rybudd, daeth i stop, a chlywodd Llew y llais yn dychwelyd:

"Tyrd yn nes ataf, a chymera olwg ar y byd ar ôl i dy dri dymuniad gael eu gwireddu."

Yn betrusgar, cymerodd Llew gamau bychain at yr Olwyn Hud a Lledrith ac edrych drwy ei chanol. Roedd y golau gwyn yn ddigon i'w ddallu ar y dechrau, ond buan iawn y diflannodd ac yn ei le, daeth y byd yr oedd Llew wedi dymuno amdano i'r golwg. Ond O! sôn am halibalŵ – roedd ei fyd delfrydol yn debycach i hunllef! Roedd pawb yn cwffio ac yn chwifio eu dyrnau wrth geisio dwyn y darnau punnoedd o bocedi ei gilydd. Roedd cloeon ar giatiau'r ysgolion, ac felly roedd y plant yn cadw reiat ar y strydoedd gan achosi trwbl. Ac yn waeth byth, roedd yna rieni'n methu â rhoi prydau ar y bwrdd oherwydd y prinder bwyd eithriadol.

"Na!" gwaeddodd Llew gan gamu'n ôl yn ei fraw. "Dwi wedi newid fy meddwl! Plis, Olwyn Hud a Lledrith, rho gyfle arall imi ddewis fy nymuniadau yn fwy doeth."

Tosturiodd yr Olwyn Hud a Lledrith wrth Llew. Wedi'r cwbl, roedd yn fachgen bach hoffus a chydwybodol iawn, ac felly, dywedodd wrtho y câi ddymuno eto, ar yr amod ei fod yn dewis ei ddymuniadau yn fwy doeth y tro hwn. Carthodd Llew ei wddf, a dechreuodd restru ei ddymuniadau newydd:

"Yn gynta, dwi'n dymuno bod pob person yn derbyn digon o arian i fedru byw yn gysurus. Yn ail, dwi'n dymuno bod pob bachgen a merch yn derbyn hawl i fedru mynd i'r ysgol o ddydd Llun i ddydd Gwener. Ac yn olaf, dwi'n dymuno na fydd yna neb, byth eto, yn gorfod mynd i'w gwlâu â stumog wag."

Dechreuodd yr Olwyn Hud a Lledrith droi yn wyllt gynddeiriog, nes yr oedd Llew druan bron â llewygu. Yna, heb rybudd, daeth i stop, a chlywodd Llew y llais yn dychwelyd:

"Tyrd yn nes ataf, a chymera olwg ar y byd ar ôl i dy dri dymuniad gael eu gwireddu."

Yn araf bach, cymerodd Llew gamau bychain at yr Olwyn Hud a Lledrith ac edrych drwy ei chanol. Roedd y golau gwyn yn achosi cur pen i ddechrau, ond buan iawn y diflannodd ac yn ei le, daeth y byd yr oedd Llew wedi dymuno amdano'r eilwaith i'r golwg. Ac O! sôn am brydferthwch – roedd ei fyd delfrydol fel breuddwyd! Nid oedd yna ormodedd na phrinder arian, roedd yna addysg i bawb, ac roedd gan bob un lond ei fol o fwyd. Roedd popeth wedi ei rannu'n hafal rhwng holl bobl y byd, a theimlodd Llew falchder o weld yr hyn yr oedd ef ei hun wedi ei greu.

Y Goedwig

Mirain   Leusa

Llywarch y Llwynog

Mirain Lois Gwynedd | 6 oed
Ardal Caerdydd | Ysgol Treganna

Roedd hi'n ddiwrnod trowsus cwta, crys-T a chap pig. Roedd Mam wedi plastro eli haul dros fy nghroen i a chroen fy chwaer fach, Leusa, nes fy mod i'n teimlo'n ludiog o'm corun i'm sawdl. Ond nid oeddwn yn cwyno, oherwydd byddai llosgi fel gwnes i'r llynedd yn saith gwaith gwaeth. Sodrais sbectol haul arian siâp calon ar fy nhrwyn, ac aeth Leusa i chwilota drwy'r cwpwrdd congl am ein fflip-fflops.

Roeddem ni'n barod am ddiwrnod o antur, ond nid oedd ein picnic yn hanner parod. Roedd y fflasgiau diod coch, yr iogwrt mafon a'r bagiau creision yn eu lle, ond nid oedd yna sôn am y salad ffrwythau, y gacen ffenest na'r brechdanau triongl!

Llenwais ddau focs gyda'r ffrwythau lliwgar, gan ofalu peidio â thywallt gormod o sudd i'r bocsys rhag ofn iddo droi a gwneud stomp o bethau. Yn y cyfamser, torrodd Mam ddau ddarn hael o gacen ffenest, ac edrychodd Leusa drwy'r silffoedd a dod i'r casgliad bod yna hen ddigon o jam yn y cwpwrdd a ham yn yr oergell. Felly drwy weithio fel tîm, dyma Leusa'n cychwyn taenu menyn dros dafelli o fara ffres, finnau'n eu llenwi gyda jam a ham am yn ail, a Mam yn eu torri nhw'n drionglau bach taclus a'u pecynnu mewn bagiau cwyr gwenyn.

Roedd gennym ni fasged fach handi i gario bob dim, a blanced frethyn i eistedd arni gan ein bod ni'n hoffi bwyta'n picnic mewn steil! Roeddem ni wedi ystyried mynd i lawr at lan y môr i dorheulo a gwlychu ein traed, ond roedd yr haul yn taro'n boeth, ac felly roedd Leusa a finnau'n gytûn y byddai'n gallach mynd i'r goedwig i gysgodi.

Ar ôl ffarwelio gyda Mam, cerddodd Leusa a finnau'n hamddenol braf i gyfeiriad y goedwig. Roedd yr adar mân yn trydar yn fywiog ymysg ei gilydd, a gallwn glywed y nant yn sisialganu gerllaw. Roedd yr haul mewn hwyliau anarferol o dda, ac roedd Leusa a finnau'n laddar o chwys o'i achos! Roeddem ni'n dwy yn falch o gyrraedd lloches y coed, ac aethom ati i archwilio rhyfeddodau'r goedwig ar unwaith.

Ond pwy oedd yno'n aros amdanom ni, ond llwynog. Gwasgais yn dynnach am law fy chwaer fach a rhewodd y ddwy ohonom yn y fan a'r lle. Roeddwn i wedi clywed straeon dychrynllyd am lwynog bach drwg yn codi ofn ar yr Hugan Fach Goch, yn llyncu'r Bachgen Bach Toes bob tamaid ac yn ceisio chwythu tai y Tri Mochyn Bach yn racs jibidêrs.

Ond roedd y llwynog hwn yn wahanol, roeddwn i'n siŵr o hynny. Roedd ganddo gôt goch yr un lliw â'r wawr, brest wen fel yr eira a thrwyn bach smwt. Ond yn bwysicach fyth, nid oedd yn edrych yn slei. Roedd ganddo lygaid llawn caredigrwydd, ac fe ymlaciais ychydig o sylwi hynny.

"Helô, Llywarch y Llwynog ydw i. Ga i ddod am dro gyda chi?"

Edrychais arno'n betrusgar, ond roedd yna olwg ddigalon iawn arno ac roeddwn i'n gwybod bod y creadur bach angen ffrind.

"Plis," meddai wedyn. "Gan fod yna ambell lwynog drwg yn fy nheulu, mae pobl yn meddwl fy mod innau'r un fath. Ond dwi ddim, wir yr! Plis, gadewch imi gerdded gyda chi."

Roeddwn i'n gwybod yn fy nghalon ei fod yn dweud y gwir, ac felly nodiais fy mhen a cherddodd y tri ohonom ochr yn ochr drwy'r coed. Ac yn wir i chi, chefais i erioed brynhawn mor ddifyr! Roedd gan Llywarch y Llwynog enw i bob blodyn gwyllt – botwm crys, sawdl y fuwch, llygad llo mawr, llysiau'r milwr coch, glas yr ŷd – roedd y rhestr yn ddiddiwedd! Ac uwch fy mhen, dywedodd fod y llinos, y dryw eurben a'r ji-binc yn canu nerth esgyrn eu pennau. Roeddwn i a Leusa wrth ein boddau ac eisiau i'r prynhawn bara am byth.

Toc wedi hanner dydd, fe ddechreuodd fy mol wneud sŵn. Roedd hi'n amser picnic, ac felly gosododd Leusa y blanced ar y gwellt a dechreuais innau dynnu'r wledd o'r fasged. Roeddwn i'n medru synhwyro fod Llywarch y Llwynog yn teimlo'n chwithig iawn, ac felly cynigiais iddo wledda gyda ni. Roedd yn ddigon nerfus i ddechrau, ond daeth o hyd i'w hyder eto'n ddigon buan. Roedd hi'n deimlad braf cael rhannu'r bwyd gydag o, ac roedd hon yn ffordd dda o ddangos fy niolchgarwch iddo am ddysgu cymaint o wersi i Leusa a finnau am natur. Sylweddolais bryd hynny ei bod hi'n bwysig bod yn wyliadwrus, ond ei bod hi'n annheg beirniadu rhywun cyn dod i'w adnabod yn iawn. O'r holl wersi y dysgais y diwrnod hwnnw, dyna'r wers bwysicaf un.

Y Frenhines Lydia a'r Dywysoges Elen

Lydia Alys Dauncey-Parry | 7 oed
Ardal Caernarfon | Ysgol Bethel

Mewn castell moethus ar ben y bryn, roedd y Frenhines Lydia yn byw. Roedd digon o le yn y castell i'r byd a'r betws, ond byw yno ar ei phen ei hun yr oedd Lydia. Roedd ganddi ddigon o arian i brynu holl berlau'r byd, ond gwell ganddi oedd cynilo'r cwbl yn ei chadw-mi-gei er mwyn cael teithio'r byd rhyw ddydd.

Roedd llawer yn synnu clywed na welodd y castell yr un forwyn na gwas erioed. Nid oedd Lydia yn dymuno hynny. Hi, a hi yn unig fyddai'n tacluso ei gwely yn y bore, yn dewis beth i'w wisgo ar gyfer y dydd o'i blaen, ac roedd hi hefyd yn paratoi ei phrydau bwyd i gyd ar ei phen ei hun bach. Un annibynnol iawn oedd Lydia!

Yn wir, nid brenhines arferol mohoni. Byddai'n treulio ei dyddiau yn darllen a choginio, ac roedd hi'n hoff iawn o arddio. Byddai'n dyfrio'r planhigion bob diwrnod yn ddi-ffael, ac roedd hi'n gwirioni gweld ei blodau'n codi eu pennau'n uchel at yr haul. Ond yr hyn oedd ryfeddaf am drefn ei diwrnod oedd ei bod yn brwsio ac yn mopio ei stepen ddrws rownd y ril, rhag ofn i rywun ddigwydd galw heibio.

Ond ni fyddai neb byth yn galw – dyna'r broblem. Roedd y castell yn bell o bobman. Roedd sawl tywysog ac ambell frenin wedi ceisio cyrraedd at Lydia, ddim ond i faglu a llithro yn ôl i waelod y bryn bob tro. Nid oedd hynny'n poeni rhyw lawer ar Lydia, ond roedd hi'n medru teimlo'n unig weithiau, heb gwmni yn y byd.

Un diwrnod, edrychodd i lawr o'i chastell ar y pentref islaw ac ar y bobl a edrychai fel morgrug bach yn y pellter. "O! byddai'n braf cael sgwrs fach gydag un o'r bobl i lawr fan acw weithiau; mae'n siŵr fod yr adar mân wedi laru arna i'n trio sgwrsio gyda nhw bob dau funud!" meddai â chalon drom. Roedd yr haul tu allan yn werth ei weld, ond nid oedd yna fawr o hwyliau ar Lydia, ac felly tynnodd y llenni arno ac aeth i'w gwely am bum munud bach.

Yn ei breuddwydion, roedd Lydia druan yn ei dagrau ac yn gweiddi "Helô!" o'r tŵr uchaf yn y castell, gan groesi ei bysedd y byddai rhywun yn rhywle'n ei hateb. Ond gwaetha'r modd, ni ddaeth yr un smic o unman. Â'i phen yn isel, trodd Lydia yn ôl am ei gwely. Ond cyn swatio, clywodd sŵn o'r tu allan yn agosáu. Cyn pen dim, roedd y sŵn i'w glywed yn nrws y castell. Beth oedd yno, tybed?

Deffrodd Lydia'n sydyn a llithrodd y freuddwyd o'i gafael. Dyna'r freuddwyd ryfeddaf eto, meddyliodd. Ond wrth rwbio'r huwcyn cwsg o gorneli ei llygaid, sylweddolodd Lydia ei bod yn dal i glywed y sŵn. Aeth i lawr y grisiau troellog ar flaenau ei thraed ac at ddrws enfawr y castell. Roedd sŵn crafu mawr ar yr ochr arall, fel pe bai rhywun neu rywbeth yn ceisio tyllu ei ffordd i mewn ati.

Edrychodd yn slei bach drwy dwll y clo, a gweld llygaid mawr lliw mesen yn edrych yn ôl arni. "Ci bach!" ebychodd, cyn agor y drws ar unwaith a phlygu i'w chwrcwd er mwyn mwytho ei ffrind newydd. "Rwyt ti wedi dod i le da. Mi gei di dy drin fel tywysoges yma! A chan fod gen ti gôt felen, mi wnaf dy alw'n Elen."

Ac wrth i Elen hepian yn dawel ar ei glin y noson honno, diolchodd Lydia na wariodd hi'r un geiniog ar berlau drud. Roedd hi wedi cynilo digon o arian bellach i fedru teithio'r byd. Ond yn bwysicach fyth, roedd ganddi ffrind bach ar bedair coes i rannu profiadau'r daith gyda hi.

Diwrnod ar y Fferm

Jac Abner Owen | 9 mis oed (wedi cael help ei fam i wneud y llun!)
Ardal Bethel

Bob tro mae ei fam yn tynnu'r welingtons o'r twll dan y grisiau, mae Jac yn dechrau curo'i ddwylo'n wyllt ac mae'r wên ar ei wyneb yn ymestyn yn llydan fel chwarter melon. Mae'n cropian ar ei bedwar tuag atynt ac yn eu hastudio'n chwilfrydig yn ei ddwylo, cyn straffaglu wrth geisio eu gosod am ei draed. Nid yw Jac yn flwydd eto, ond mae'n ddysgwr bach cyflym! Gyda help llaw ei fam, mae'r welingtons yn ffitio'n berffaith i'w lle, ac ar ôl cau botymau ei gôt wlanog fesul un, mae'r ddau yn barod am ddiwrnod llawn bwrlwm ar y fferm.

Cwt yr ieir sydd yn mynd â'u bryd i ddechrau. O'i goets gysurus, mae Jac yn mwynhau syllu ar y creaduriaid bach digri yn mynd o gwmpas eu pethau. Gan amlaf, mae'r ieir allan yng ngwres yr haul yn crafu'r gwellt, drosodd a throsodd. Ar ôl crafu'n ddi-baid am hydion, mae ambell iâr yn ddigon lwcus o ganfod pry genwair aflonydd, wedi mentro'n rhy bell oddi wrth ddiogelwch y pridd. Mae Jac yn gwylio'r ieir yn llowcio'r pryfed genwair bob tamaid, cyn dychwelyd i grafu'n farus am eu pryd nesaf.

Fel larwm croch, mae clochdar yn dod o gyfeiriad y cwt, a chyn pen dim mae iâr yn dawnsio drwy'r drws mewn panig llwyr. Nid yw Jac yn siŵr pam fod yr ieir i gyd yn gwneud sioe fawr fel hyn, ond mae'n amau fod rhywbeth yn eu cynhyrfu o bryd i'w gilydd. Yn ôl y drefn arferol, mae ei fam yn piciad i mewn i'r cwt ac yn dychwelyd gyda phentwr go fawr o wyau. Mae Jac yn eithaf sicr mai'r pethau bach hirgrwn hyn mae ei dad yn eu bwyta gyda'i fara menyn bob bore, ac mae'n ysu at gael dechrau siarad er mwyn holi ei rieni ar y mater.

Y sied ddefaid sydd yn galw nesaf. Pan fydd y defaid allan yn pori'r caeau, mae'r sied hon mor wag nes bod carreg ateb y tu mewn iddi. Ond heddiw, mae sŵn brefu'n dod o bob cwr, a'r sied yn llawn dop o ddefaid gwlanog ac ŵyn selog. Mae'r

ŵyn yn anifeiliaid bach ffeind, yn enwedig yr ŵyn llywaeth. Mae'r rheiny yn gadael i Jac roi o-bach iddynt, ac mae Jac yn hoffi teimlo meddalwch eu cotiau newydd sbon danlli.

Nid yw'r un diwrnod ar y fferm yn gyflawn heb fynd i ddweud helô bach sydyn wrth y cŵn. Mae'r cŵn wastad yn barod iawn eu croeso, ond mae Jac yn rhy ifanc i fentro'n rhy agos atynt. Mae Jac yn ddigon bodlon i'w harsylwi o'i goets gysurus, beth bynnag, a'u gwylio'n neidio dros ei gilydd wrth gystadlu am ei sylw ef a'i fam. Mae Jac yn edrych ymlaen at gael prifio er mwyn medru gweld drosto ef ei hun sut mae ei dad yn rheoli a chadw trefn ar fwndel mor fywiog o gŵn defaid.

Ac ar y gair, mae Jac yn clywed sŵn tractor yn rhuo'n ffyrnig i lawr allt y fferm. Mae ei fam yn gweiddi, "Dad wedi cyrraedd!" ac mae yntau'n teimlo'r cyffro'n llenwi'r aer o'i gwmpas. Dyma uchafbwynt pob diwrnod ar y fferm – cael ei rawio i fyny o'r llawr gan freichiau cyfarwydd a chael clywed ei dad yn dweud "Da'r 'ogyn!" unwaith eto. "Dacw fo'n dŵad, mae o ar ei ffordd!" ebychodd ei fam, ac mae'r wên fel chwarter melon yn dychwelyd i wyneb Jac.

Pe Bawn i'n Bysgodyn

Leusa Non Gwynedd | 4 oed
Ardal Caerdydd | Ysgol Treganna

Rydw i wastad wedi dotio at y môr a byddwn yn bachu ar bob cyfle i fynd am dro tuag at y lli. Byddwn yn gadael i'r ewyn gwyn gosi bodiau fy nhraed, a byddwn yn astudio'r gwylanod cegog yn mentro'n agos at frig y tonnau i chwilio am damaid i'w fwyta. Pan fyddwn yn teimlo'n unig a blin, gallwn ddibynnu ar lanw a thrai, a thywod o dan fy nhraed, i godi fy nghalon drom.

Ond mae'r môr yn fawr, ac rydw i'n fach iawn, iawn o'i gymharu. Nid ydw i wedi gweld dim gwerth arno mewn gwirionedd. Byddwn yn meddwl weithiau bod byd arall yn bodoli dan wyneb oer y dŵr – byd sydd yn llawn lliw ac amrywiaeth a siapau sydd ddim yn bodoli yn ein byd ni. Ac yn llawn cyfrinachau hefyd! Oes, mae cyfrinachau'n cuddio rhwng y gwymon ac o dan y cregyn tlws, a dim ond creaduriaid y môr sydd yn gwybod amdanynt.

Pe bawn i'n bysgodyn, gallwn weld rhyfeddodau'r môr gyda fy llygaid fy hun. Byddai gen i gynffon batrymog, cen llithrig a symudiadau chwim. Byddwn yn gallu cyrraedd gwely'r môr heb orfod poeni'r un gronyn am fethu ag anadlu, nac am losgi fy llygaid gyda'r dŵr hallt. Ac wrth gwrs, byddai gen i fwy o ffrindiau nag y medrai dwy law eu cyfri! A phob un wan jac yn brolio fy mhrydferthwch gan y byddai holl liwiau'r enfys i'w gweld ar fy nghen llyfn.

Gallwn deithio hyd a lled y byd heb orfod mynd ar gyfyl yr un beic na char na bws. Nid yw pysgod yn deall dim am glociau nac am amser, ac felly gallwn ddilyn fy nhrwyn fy hun heb orfod pryderu am gyrraedd lle penodol ar amser penodol. Ni fyddai yna sôn am waith cartref, ac yn fwy anghredadwy fyth, ni fyddai'n rhaid imi fynd i'r ysgol! O! am ryddid!

Ond ar ôl gweld y byd i gyd, byddwn yn siŵr o deimlo hiraeth yn fy nhynnu yn ôl tuag adref. Byddwn yn ysu am gael cerdded ar ddwy droed eto, am deimlo'r awel

ysgafn rhwng cudynnau fy ngwallt ac am fedru anadlu'r awyr iach i waelodion fy ysgyfaint. Byddwn yn torri fy mol am gael gweld wynebau cyfeillgar fy ffrindiau, at deimlo meddalwch fy nghroen fy hun ac am daith hir yn y car wrth iddi nosi.

Byddwn yn rhedeg i fy llofft i nôl fy oriawr, yn gorffen fy ngwaith cartref cyn y dyddiad cyflwyno ac yn croesi iard yr ysgol bob bore yn diolch fod gen i wers yn aros amdanaf. Er y byddai'n brofiad gwerth chweil mynd i fyd arall, byddai hynny ond yn gwneud imi garu mwy ar fy myd fy hun.

Y Tedi Coll

Celyn Mair Hurley | 12 oed
Ardal Caerdydd | Ysgol Uwchradd Cathays

Dafliad carreg o dŷ Celyn, roedd siop a oedd yn enwog am ei danteithion melys. 'Fferins' fyddai Celyn yn eu galw, ond roedd gan blant Cymru sawl enw ar eu cyfer – losin, da-da, minceg – dewiswch fel y mynnoch!

Roedd hon yn siop na welwyd ei thebyg o'r blaen. Roedd ynddi ddanteithion yn bochio allan o bob twll a chornel, cymaint nes ei bod hi'n syndod nad oedden nhw'n disgyn oddi ar y silffoedd pan fyddai'r gwynt yn sleifio i mewn drwy gil y drws.

Roedd Celyn yn adnabod y siop fel cefn ei llaw. Roedd hi wastad yn edrych yr un fath â'r tro diwethaf, gyda lle i bopeth a phopeth yn ei le. Ac yn goron ar y cwbl, roedd yna lolipop anferth gyda holl liwiau'r enfys yn chwyrlïo y tu mewn iddo. Roedd bol Celyn yn gweiddi am y lolipop hwnnw bob tro y byddai'n ei basio, ond byddai'n rhaid iddi gynilo tipyn mwy o arian poced cyn medru ei brynu. "Hen dro, ond mi ga i afael arno fo ryw ddydd!" byddai'n ei ddweud yn obeithiol wrth ddynes y siop, cyn dewis tamaid bach arall i aros pryd.

Ond un bore Sadwrn, aeth Celyn i'r siop a gweld rhywbeth dieithr o gornel ei llygaid. Yno ar y silff roedd tedi lliw cyflaith, a'i lygaid soseri yn ymbil arni i'w godi i'w breichiau. "Mae yna blentyn bach yn rhywle wedi colli hwn," meddai'n dawel wrthi hi ei hun. Anghofiodd am ei dant melys a throdd ar ei sawdl gan garlamu am y tŷ gyda'r tedi yn dynn dan ei chesail.

Croesodd Celyn y rhiniog ac aeth ati'n syth i lunio poster. Gwnaeth yn siŵr ei bod yn rhoi ei llawysgrifen daclusaf ar waith, fel bod pawb yn y pentref yn deall y neges. Eglurodd ei bod wedi dod o hyd i'r tedi yn Siop y Danteithion Melys, a bod yn rhaid i bob tedi coll gael ei ddychwelyd i'w berchennog. Gorffennodd gyda'i chyfeiriad, cyn gwibio'n ôl i'r siop er mwyn gosod y poster mewn lle digon amlwg i bawb.

Aeth dyddiau heibio, a dim golwg o berchennog y tedi. Dechreuodd Celyn anobeithio, ond ychydig a wyddai fod si ar led mewn pentref cyfagos am fachgen bach o'r enw Huw a oedd yn methu'n glir â chysgu'r nos heb ei dedi coll. Roedd ei fam wedi chwilio'n ddyfal am y tedi, heb unrhyw lwc. Roedd hi wedi trio popeth i godi calon ei mab, ond roedd yn dal i fod a'i ben yn ei blu. Penderfynodd y byddai trip bach i Siop y Danteithion Melys yn gwneud byd o les iddo, gan iddi wybod fod ei mab wedi ffansïo'r lolipop anferth ers oes pys.

A phwy oedd yn digwydd cerdded o amgylch y siop ar yr un pryd, ond Celyn. Cerddodd yn ddiflas o silff i silff, gan lygadu'r lolipop anferth bob hyn a hyn. Roedd hi wedi colli pob gobaith y deuai perchennog y tedi i'r fei, ac roedd hi'n dechrau cwestiynu a fyddai ganddi fyth ddigon o arian poced i brynu'r fferen orau oll.

Troi tuag adref yr oedd hi pan glywodd wich uchel o'r ochr arall i'r drws. "Fy nhedi!" gwichiodd Huw wrth weld poster Celyn, wedi cynhyrfu'n lân. Ni allai Celyn gredu ei chlustiau, ac aeth allan ar ei hunion i ddweud helô wrth y bachgen bach bochgoch. "Mae dy dedi di gen i! Dewch draw i'n tŷ ni ac mi gewch chi baned a chacen gri ac mi eglura i'r cwbl!" parablodd Celyn ar un gwynt.

Cerddodd Celyn a'r fam yn fân ac yn fuan i fyny'r allt am dŷ Celyn, gyda'r fam yn diolch bob yn ail cam. Ond arhosodd Huw yn stond. "Isio mynd i siop," meddai, er mawr syndod i'r ddwy. I mewn â nhw yn eu dryswch, a phwyntiodd Huw yn benderfynol tuag at y lolipop anferth. "Un bach barus wyt ti, Huwcyn!" meddai ei fam dan chwerthin, cyn prynu'r lolipop a brysio yn ôl allan at Celyn. Suddodd calon Celyn o sylwi ar anrheg newydd Huw, ond cuddiodd ei siom y tu ôl i'w gwên barod.

Heb fod ymhell o'i thŷ, daeth y tri i stop er mwyn cael eu gwynt atynt. Ar hynny, teimlodd Celyn rywbeth yn tynnu'n ysgafn ar odre ei chardigan. Huw oedd yno, yn dangos llond ceg o ddannedd sythion iddi. "I ti," meddai, gan roi'r lolipop mawr yn ei llaw cyn ei chofleidio fel hen ffrind. "Diolch am edrych ar ôl fy nhedi."

Y Gath Ryfeddaf Erioed

Nansi Alys Howells | 6 oed
Ardal Caerfyrddin | Ysgol y Dderwen

Helô 'na! Bela'r gath ydw i, ac mae hi'n bleser eich cyfarfod! Mi fyddwn i'n ysgwyd llaw pob un ohonoch pe bawn i'n medru, ond mae 'mhawennau i'n llawer rhy fach. Gadewch imi ddechrau, felly, gydag ychydig o ffeithiau diddorol amdanaf i fy hun. Fel y gwelwch, mae 'nghôt wedi ei gwneud o fil o liwiau, ac mae Nansi, fy mherchennog annwyl, wrthi'n brysur bob bore a nos yn ei brwsio. Ar ben hynny, mi fydda i'n cael trip i'r salon cŵn bob pythefnos a byddaf yn derbyn triniaeth pum seren yno – siampŵ ar gyfer fy nghroen sensitif a phob dim!

Ni allaf gwyno am ddim byd, mae fy mywyd yn baradwys. Caf fy mwydo ar yr un pryd bob diwrnod, ac os ydw i'n digwydd bod o dan y bwrdd bwyd amser swper, bydd Nansi'n taflu crawen bacwn neu ddarnau cigach imi ar y slei! Nid wyf yn gwybod sut deimlad yw bod yn llwglyd, ond dwi wedi hen arfer â'r teimlad o fod yn llawn! Dwi'n gwerthfawrogi pob cegaid fyddaf yn ei chnoi a'i llyncu gan 'mod i'n gwybod fod yna gath strae yn rhywle fyddai'n rhoi'r byd am gael bod yn fy sefyllfa i. Dwi'n dipyn o fabi mwythau, mae'n rhaid imi gyfaddef. Mae fy ffrindiau'n cwyno'n ddyddiol bod eu perchnogion yn cosi eu boliau, ond dwi wrth fy modd gyda hynny! Mae fy ffrindiau'n rhai drwg am gripio hefyd, ond ni fyddwn i'n meiddio gwneud y fath beth! Ni fyddwn yn dymuno gwneud unrhyw niwed i Nansi annwyl – mae'n well gen i ganu grwndi o lawer.

Rhywbeth arall sy'n fy ngwneud i'n wahanol i'r gath arferol yw'r ffaith nad ydw i'n colli blew. Nid yw'r mwyafrif o gathod y pentref yn cael mynd ar gyfyl stafell fyw eu perchnogion gan fod eu blew yn glynu wrth y soffas a'r carthenni drud. Ond mae gen i ryddid i lordio o gwmpas pob stafell yn y tŷ, a swatio ym mha bynnag gongl sydd yn mynd â fy ffansi. Tydw i'n gath fach lwcus!

A'r ffaith olaf yr hoffwn ei rhannu gyda chi heddiw yw hon: Mae gen i bŵer arbennig i wneud i bawb ddisgyn dros eu pennau a'u clustiau mewn cariad â fi. Cymerwch Dyfrig Wilias Drws Nesaf fel enghraifft. Dwi wedi ei glywed yn dweud ddwsin o weithiau a mwy nad yw'n hoff o gathod gan eu bod nhw'n anifeiliaid oriog, "yn moyn cwtsh un funud ac yn sgrapo'r munud nesaf!" Ond yn wir i chi, mae'r dyn bach pigog wedi cymryd ata i. Pan fyddaf yn galw heibio yn y bore, daw allan ata i i sgwrsio a rhannu clecs, ac mi fydd ganddo wastad dun o sardîns imi! Un dymunol yw Dyfrig Wilias Drws Nesaf yn y bôn.

A dyna ni! Fi yw'r gath ryfeddaf erioed, mae'n debyg. Mae gen i gôt o fil o liwiau sy'n derbyn y gofal gorau un, mae gen i lond bol o fwyd bob amser ac nid wyf erioed wedi cripio'r un enaid byw! Nid wyf wedi colli'r un blewyn oddi ar fy nghôt ers fy ngeni, mae pawb yn fy ngharu ac mae gen innau lawer o gariad i'w rannu gyda phawb. Ac fel pe na fyddai hynny'n ddigon, mae gen i'r perchennog anwylaf ar wyneb y ddaear hefyd. Beth mwy y gall cath ofyn amdano?

Sul y Mamau

Gwern Elgan Hughes | 7 oed a Glain Aaron Hughes | 4 oed
Ardal Tai'n Lôn, Clynnog Fawr | Ysgol Brynaerau

Ar ddiwrnod Sul y Mamau eleni, aeth Gwern a Glain ati i wneud cerdyn i'w mam. Estynnodd Gwern bapur o'r Cwpwrdd Cadw Bob Dim, a gofynnodd yn glên i Glain gario'r pinnau ffelt at y bwrdd. Roedd hi'n fam arbennig iawn, ac felly roedd hi'n bwysig fod y cerdyn yn plesio. Bu'r ddau yn rhannu syniadau am amser hir, gan fod Gwern a Glain wedi dysgu ei bod hi'n bwysig rhannu bob amser.

"Gan dy fod di'n licio'r llun o'r galon a'r blodau gwyllt o amgylch yr ochrau, beth am iti ei gludo hi ar flaen y cerdyn, Glain?" gofynnodd Gwern.

"Syniad da!" atebodd Glain yn ddiolchgar. Roedd hi wedi gwirioni gyda'r galon ac roedd hi'n ysu am gael gweld ymateb ei mam. Dechreuodd dorri o'i hamgylch yn ara' deg a gofalus, ac roedd ei brawd mawr yn falch o'i gweld hi'n brysur wrth ei gwaith.

Roedd Gwern yn llawn dop o syniadau difyr. Roedd wrth ei fodd yn gwylio rhaglenni natur, felly roedd ganddo syniad go lew o beth oedd yn byw o dan y môr a'i donnau. Pysgod bychain chwim, cregyn amryliw a seren fôr. Ond beth oedd orau gan Gwern oedd y morfil mawr clên. Penderfynodd fod yn rhaid iddo wneud llun o forfil yn nofio ymhell o'r lan ac yn tasgu dŵr i bob man; byddai ei fam yn siŵr o chwerthin!

Roedd yn hoff iawn o anifeiliaid o bob lliw a llun hefyd, felly dechreuodd feddwl am holl anifeiliaid y Ddaear. Cofiodd am yr anifeiliaid rhyfeddol a welodd yn y sw ar drip ysgol unwaith. Roedd wedi mwynhau gwylio'r mwncïod yn neidio'n fywiog o frigyn i frigyn, ac roedd y jiráffs yn ddigon o sioe hefyd. Ond roedd y cathod gwyllt yn well byth! Roedd Gwern wedi eu hastudio'n symud yn osgeiddig ac yn agor eu cegau'n anferth i ddangos eu dannedd mawr miniog. Aeth ati i wneud lluniau ohonynt, a'u lliwio'n streipiau oren a du.

56

Edrychodd Gwern a Glain ar y cerdyn. Roedd Glain yn wên o glust i glust, ond nid oedd Gwern wedi gorffen. Cofiodd yn sydyn fod ei fam wedi dweud y byddai'n hoffi mynd ar wyliau i wlad bell rywbryd i gael gweld y traethau aur a'r coed palmwydd tal. "Mi wna i llun o'r gwyliau perffaith!" meddai Gwern yn hapus braf.

Ar ôl lliwio'r ddeilen olaf ar y goeden, edrychodd Gwern ar y cerdyn eto. Roedd yn hapus iawn gyda'i waith caled, ac roedd calon Glain yn werth ei gweld. Ond roedd rhywbeth bach yn dal i fod ar goll. Meddyliodd eto am y pethau pwysig fyddai ei fam yn ei ddweud wrtho'n aml. "Mae Mam wastad yn dweud fod adref yn well nag unrhyw wyliau," meddai wrth Glain. "Ei hoff le yn y byd i gyd yw allan ar fainc yr ardd gyda Dad, yn ein gwylio ni'n dau yn chwarae gyda'n gilydd."

"Gwna lun o hynny!" meddai Glain yn llawn hwyl, ac felly y bu. Gwnaeth Gwern lun o'r ardd, y siglen a'r blodau, heb anghofio cynnwys y teulu bach yn mwynhau yng ngwres yr haul. Ar ôl gorffen lliwio, edrychodd Gwern a Glain ar y cerdyn eto.

"Wedi gorffen!" meddai Gwern gyda rhyddhad, cyn estyn am law ei chwaer fach. "Tyrd, awn ni i ddangos i Mam!"

Y Diwrnod Mawr

Ifan Alun Midwood | 10 oed
Ardal Morfa Nefyn | Ysgol Edern

Hogyn Steddfod yw Ifan. Byddai Calan Mai yn dod â chyffro lond y tŷ oherwydd gwyddai Ifan fod wythnos o firi ac afiaith ar droed. Byddai'n croesi'r diwrnodau ar ei galendr nes cyrraedd Y Diwrnod Mawr lle byddai pobl o bob cwr o Gymru yn heidio'n un llwyth i un lle er mwyn croesawu'r ŵyl unwaith eto.

Roedd y mis yn tynnu at ei derfyn, a chyda'i feiro goch, gosododd Ifan y groes olaf ar ei galendr cyn dechrau tyrchu yn nrôr ei gwpwrdd bach am ei restr wirio. Dillad gorau, dillad chwarae, dillad isaf, sgidiau ysgafn, welingtons, cap pig ac eli haul, a rhoddodd dic mawr gyferbyn â phob un. Atgoffodd ei hun am y canfed tro i gofio rhoi ei drugareddau ymolchi yn y cês yn y bore ar ôl glanhau ei ddannedd a sgwrio'i wyneb, cyn gosod y cês i orwedd wrth droed y gwely.

Drannoeth, cododd Ifan cyn cŵn Caer. Roedd yr haul yn dal i bendwmpian yn ddiog, ond roedd Ifan wedi deffro drwyddo. Cnociodd ar ddrws pob stafell wely yn y tŷ a llusgodd ei rieni a'i chwaer i'w ganlyn i lawr y grisiau. "Llond powlen o uwd i fi heddiw, plis Mam," meddai'n llanc i gyd, "i roi digon o egni imi ar gyfer Y Diwrnod Mawr!" Cyn pen dim, roedd Ifan wedi llowcio'r cwbl i'w grombil ac yn glanhau ei ddannedd ar ras wyllt. Gwlychodd ei wyneb â chadach gwlanen cyn ei throi hi am ei stafell wely gyda'i fag ymolchi'n dynn dan ei gesail. Sodrodd y bag yn ei gês cyn straffaglu ei ffordd am y car, yn tuchan ac yn baglu am yn ail.

Mewn dim o dro, roedd y car wedi ei lwytho, y garafán yn ei lle a'r teulu bach wedi setlo yn eu seti. Roedd bob dim yn rhedeg fel wats a phawb yn mynd i hwyl wrth forio canu gyda'r radio. Yn wir, roedd Ifan yn cael modd i fyw ar y siwrne. Byddai'n hoffi astudio'r lôn yn igam-ogamu rhwng y mynyddoedd, a byddai'r môr weithiau'n codi ei ben yn y cefndir. Byddai'r awyr yn medru edrych yn ddigon stowt

ambell flwyddyn, ond roedd y cawodydd yn cadw draw gan amlaf. Ond hyd yn oed yn y glaw, byddai'r teulu'n hapus braf gan fod Eisteddfod yn aros amdanynt.

Ar ôl y straffîg o ddod o hyd i'w lle yn y maes carafannau, byddai'r teulu bach yn cerdded wrth eu pwysau am y maes. Roedd pob brys wedi pasio, a phawb yn ymlacio mwy gyda phob cam. Ond roedd hi'n stori wahanol gydag Ifan! Roedd ef ar bigau, ac yn benderfynol o fynd am sgowt o amgylch pob stondin. Pob blwyddyn, byddai'n casglu beiros am ddim, yn dotio at y stondinau llyfrau ac yn prynu'n ddieithriad o stondin Cowbois. Cychwynnodd eleni gyda hufen iâ blas mintys yn un llaw, a llaw Cadi, ei chwaer, yn y llall. Doedd fiw i'r ddau golli ei gilydd!

Ar ôl diwrnod o hel ei fol, o chwerthin iach ac o gael ei godi fry uwchben ar olwyn y ffair, dechreuodd Ifan ddylyfu gên. Roedd hi'n amser ei throi hi am y garafán, am noson o gemau gwirion a rhannu straeon. Roedd y dydd bron â dod i ben, a'r Lleuad wedi dod i gymryd awenau'r haul. Ond roedd Ifan yn fodlon ei fyd gan fod diwrnod newydd sbon yn ei ddisgwyl yfory.

Y Llwynog a'r Oen Bach

Gwydion Rees Jones | 2 oed
Ardal Mynytho

Digwydd ei weld a wnaeth Gwydion. Fflach o goch yng nghornel ei lygaid, ac erbyn i Gwydion droi ei ben i'w gyfeiriad, roedd y llwynog wedi ei heglu hi oddi yno ar gyflymder seren wib. Ond roedd Gwydion yn sicr o'r hyn a welodd, ac roedd yn ofni'r gwaethaf. Ofnai fod y llwynog wedi dod i gae ei nain a'i daid i chwilio am swper, ac ofnai iddo feddwl y byddai'r oen bach yn gwneud pryd blasus tu hwnt.

Roedd Gwydion am y gorau i warchod yr oen bach. Dros y dyddiau a ddilynodd, bu'n llygadu'r oen o bell ac yn fud, rhag ofn byddai'r llwynog barus yn dod heibio i hel ei fol. Dyna fyddai hunllef, meddyliodd Gwydion. Gallai ddychmygu gweld y llwynog yn sleifio'n gyfrwys drwy'r llwyni, a chyn i Gwydion gael cyfle i'w ddychryn, byddai'r llwynog wedi neidio allan o'i guddfan a chrafangu'r oen bach, ac O! nid oedd Gwydion eisiau dychmygu beth fyddai'n digwydd wedyn, oherwydd byddai hynny'n siŵr o dynnu dagrau i'w lygaid.

Ddydd a nos, byddai Gwydion yn poeni'n arw am yr oen bach. Roedd wedi colli ei awch bwyd ac wedi colli oriau lawer o gwsg dros y mater. Roedd wedi rhannu ei ofidiau gyda'i fam, ac roedd hithau wedi ceisio ei gorau glas i'w gysuro. Dywedodd wrtho fod mam yr oen bach yn ofalus iawn ohono, ac y byddai'n ei warchod rhag pob peryg. Teimlai Gwydion damaid yn well o glywed hyn, ond eto, amhosib oedd gwaredu ei ofid yn llwyr.

Un noson stormus, cododd Gwydion o'i wely i edrych drwy'r ffenest. Roedd y gwynt yn chwipio'r glaw yn erbyn y gwydr, ac yn ei wylltineb, roedd yr awyr yn taro mellt dros y wlad ac yn gwneud synau tebyg i fol llwglyd. Gwyddai Gwydion y byddai'n anodd mynd yn ôl i gysgu yn y fath dywydd, ond nid hynny oedd ei boendod mwyaf. Yr hyn a oedd yn ei boeni'n fwy na dim oedd effaith y tywydd mawr ar yr oen bach. A fyddai'n goroesi'r nos?

Yng nghae ei nain a'i daid, roedd yr oen bach yn crynu fel deilen ac yn socian at ei groen. Yn waeth byth, methai'n glir â chael hyd i'w fam. Bu'n brefu ac yn brefu nes colli ei lais, ond ni ddaeth neb i chwilio amdano. Ychydig a wyddai'r oen bach fod ei fam ben arall y cae yn brefu nerth esgyrn ei phen amdano yntau, a neb yn ateb ei galwad. Roedd y gwynt yn rhuo cymaint nes boddi sŵn pob brefiad, ac felly roedd y fam a'r oen bach ar eu pennau eu hunain yn llwyr. Sgwn i beth fyddai eu hanes erbyn y bore bach?

Deffrodd Gwydion gyda'r haul ac anelodd yn syth am gae ei nain a'i daid. Roedd y tywydd wedi setlo, ond roedd Gwydion yn parhau i fod ar bigau'r drain. Agorodd y giât yn araf bach ac edrychodd o amgylch y cae. Ni allai weld yr oen bach, ond gallai glywed brefiad gwan ei fam o bell. Suddodd calon Gwydion, a disgynnodd i'w liniau gan grio'n dawel dros ei golled.

Pan agorodd ei lygaid eto, gwelodd fflach o goch yng nghornel ei lygaid. Trodd i gael golwg well, a dechreuodd ei galon garlamu'n wirion o sylweddoli beth oedd yno. Yr oen bach, a'r llwynog wedi ei lapio o'i amgylch fel sgarff drwchus i'w arbed rhag rhynnu yn y gwynt a'r glaw. Heb os, roedd y llwynog wedi cadw'r oen bach yn fyw drwy gynnig iddo gariad, gofal a chynhesrwydd – y rhoddion gorau un.

Helfa Wyau Pasg

Cadi Efa Morris | 8 oed
Ardal Caerfyrddin | Ysgol y Dderwen

Mae dydd Sul y Pasg yn ddiwrnod mawreddog yn ein tŷ ni. Mae'r diwrnod yn dechrau fel unrhyw ddiwrnod arall, oherwydd nid yw'r helfa wyau Pasg yn cychwyn tan ganol y prynhawn. Drwy'r bore, byddaf yn edrych ar fysedd y cloc yn llusgo 'mlaen gyda phob munud, a galla i daeru bod y sŵn tic-toc yn arafu a bod amser yn cael hwyl am fy mhen! "Hir yw pob ymaros, Cadi!" fyddai Mam yn ei ddweud bob blwyddyn, er nad ydw i'n siŵr iawn beth yw ystyr y geiriau hynny. Rhaid imi gofio gofyn y flwyddyn nesaf!

Mae hi rŵan yn tynnu at dri o'r gloch ac mae pobl yn dechrau cyrraedd ein tŷ ni mewn bwndeli bychain. Mae Mam a Dad estyn croeso i'n teulu estynedig ac i'n ffrindiau agos ar y diwrnod mawreddog hwn, fel bod pob un yn medru cymryd rhan a mwynhau'r achlysur. Mae'n deimlad mor braf cael pawb i gyd yn yr un lle! Bydd yr oedolion yn chwerthin yn braf dros ddireidi'r plant, a byddem ni'r plant yn rhedeg yn igam-ogam drwy'r ardd, yn glafoerio wrth feddwl am yr wyau sydd yn aros amdanom.

Ond mae un wy Pasg sydd yn curo pob wy Pasg arall a fu erioed, sef Yr Wy Aur. Mae'r wy hwn yn fwy o faint na fy mhen ac wedi ei lapio mewn gorchudd aur sydd yn gwneud iddo edrych fel trysor drud. Mae'r wy hwn yn un da am chwarae mig bob blwyddyn, sydd yn golygu mai dim ond y plant gyda llygaid craff sy'n dod o hyd iddo. Yn anffodus, dwi ddim yn un o'r plant lwcus hynny. Dim ots pa mor galed dwi'n ymdrechu, mae 'na rywun arall wastad yn cael y blaen arna i ac yn hawlio Yr Wy Aur, sydd yn golygu bod yn rhaid imi aros blwyddyn gyfan gron am gyfle eto.

Mae'r helfa newydd gychwyn ac mae yna ddwsinau o blant yn rhedeg bob sut i bob man, fel byddin o forgrug blin ar ôl i rywun eistedd ar eu nyth. Yng nghanol yr holl firi, dwi'n teimlo'n benderfynol. Tra mae pawb arall ar eu pedwar yn troi pob carreg wrth chwilio am yr wyau bychain, dwi'n meddwl am un peth, ac un peth yn unig – Yr Wy Aur.

Dwi'n edrych ym mhobman drosodd a throsodd, nes fy mod i'n teimlo fy mhen yn troi fel olwyn ffair. Dwi'n edrych ymysg y dail ar y coed, y tu ôl i bob potyn blodau a dwi'n tynnu cwt yr ardd yn ddarnau gyda fy chwilio. Teimlaf yn brin o anadl ac felly gorweddaf ar y borfa i orffwys, ac mae'r siom yn fy nharo unwaith eto eleni. Pam nad ydw i'n medru canfod yr un peth dwi ei eisiau'n fwy nag unrhyw beth arall yn y byd i gyd? meddyliaf, yn llawn hunandosturi.

Ar hynny, dwi'n teimlo rhywbeth yn tynnu'n ysgafn ar gareiau fy mŵts. Codaf fy mhen a chael braw o weld cwningen fach wen yno'n edrych arna i gyda llygaid mawr a dwfn! Welais i erioed gwningen fach mor ddel, a dwi'n ysu am gael teimlo meddalwch ei chôt rhwng fy mysedd. Ond wrth imi godi ac estyn amdani, mae hi'n sboncio i mewn i lwyn cyfagos. Dwi'n ei dilyn hi'n ofalus gyda fy llygaid, ond yn aros yn stond rhag ei dychryn. Mae hi'n dal i sboncio drwy'r brigau cyn arafu wrth gyrraedd tocyn o gerrig mawrion yng nghornel bella'r ardd. Mentraf yn agosach ati ... ac wrth lwc, nid yw hi'n cynhyrfu. Gwyraf ar fy nghwrcwd er mwyn ei mwytho, ond wrth estyn fy llaw ati, mae hi'n dianc eto.

Wrth imi ei gwylio hi'n gwibio'n wyllt trwy'r caeau, mae yna rywbeth ymysg y cerrig mawrion yn dwyn fy sylw. Trof fy mhen i gael golwg well ar bethau. Dyna liw anghyffredin sydd gan y garreg hirgrwn yna, meddyliaf, cyn iddi wawrio arna i 'mod i'n edrych ar Yr Wy Aur! Mae fy nghalon yn curo fel drwm ac mae twrw'r miri o fy nghwmpas yn distewi ar unwaith. Estynnaf am yr wy a gafael ynddo gyda gofal, fel petawn i'n gafael mewn babi newydd-anedig. Edrychaf arno'n llawn edmygedd cyn sibrwd y gair 'diolch' i'r gwynt, gan obeithio y byddai'n cyrraedd y gwningen garedig a arweiniodd fi at y trysor drud.

Trof i wynebu torf o blant yn dylyfu gên, wedi llwyr ymlâdd ar ôl chwilio mor ddiwyd am yr hyn sydd bellach yn eiddo i mi. Maent oll yn edrych ar yr wy gyda chymysgedd o hapusrwydd a thristwch, cyn dechrau clapio gan eu bod yn falch o

fy nghamp. Ond ni alla i anwybyddu ymdrech fy nheulu a fy ffrindiau hoffus, a theimlaf fod pawb yn haeddu rhan o'r wobr. Craciaf yr wy ar garreg fawr, ac mae'n hollti'n ddarnau mân. Mae'r wy yn ddigon mawr i'w rannu rhyngom i gyd, wedi'r cwbl.

Neli y Ci Ffyddlon

Grês Alys Hughes | 8 oed
Ardal Llangybi | Ysgol Llangybi

Gadewch imi fy nghyflwyno'n hun. Neli ydw i, ci ffyddlon i hogan fach benfelen o'r enw Grês. Côt felen sydd gen innau hefyd, ond tra mae gan Grês lond pen o wallt tonnog, rydw i'n gyrls tyn drosof. Mae gen i dipyn o feddwl o'r cyrls 'ma, a dweud y gwir. Maen nhw'n denu lot o sylw, felly mae gofyn imi wneud yn siŵr fy mod i'n gwneud joban dda o edrych ar eu holau nhw. Pan fyddaf yn dechrau mynd i edrych yn flêr, byddaf yn llyfu 'nghôt yn lân dlws nes 'mod i'n edrych fel newydd eto! Mae pobl yn fwy parod i ddod ataf a hel mwythau pan dwi'n edrych yn smart, welwch chi. Maen nhw'n dweud fy mod i'n 'werth fy ngweld' ac yn 'ddigon o sioe', a dwi wrth fy modd yn eu plesio nhw.

Mi fyddaf yn licio cael mynd am dro rownd y bloc. Nid yw pethau cystal pan fydd yr awyr yn pwdu ac yn tywallt y glaw, achos mae fy nghôt i'n mynd yn damp a dwi'n mynd i ddrewi'n syth bìn. Ond mae fy nghynffon i'n symud ffwl-pelt pan fyddaf yn teimlo'r haul yn taflu gwres ar fy wyneb ac yn goleuo'r byd gyda'i liw melyn.

Mi fydda i'n trotian ar ysgafn droed ar hyd y lonydd cefn, ond ni fydd mam Grês ymhell tu ôl imi. Fydd Grês yn dod bob cyfle mae hi'n ei gael hefyd, ond mae hi yn yr ysgol am ychydig oriau bob diwrnod, bron â bod, felly mae'n amhosib iddi fod mewn dau le ar unwaith! Mi fydda i'n arogli bob blodyn, planhigyn a thrychfil ar fy nhaith, ac yn dod ar draws bob math o bethau diddorol. Arogl melys weithiau, digon chwerw dro arall. Ambell waith, mi fydda i'n gwylltio pan fyddaf yn arogli ci mor agos at ein tŷ ni, oherwydd nid pob ci sydd yn gofyn caniatâd gen i cyn crwydro o gwmpas. Ond, ar y cyfan, mae mynd am dro yn brofiad dymunol sydd yn gwneud imi deimlo'n hapus braf tu mewn.

Ni fyddwn yn meiddio brolio gormod arnaf fy hun, ond maen nhw'n dweud 'mod i'n gi bach clyfar hefyd. Mi ddois i ddeall mai 'Neli' yw fy enw i'n fuan iawn, a bob tro bydda i'n clywed rhywun yn gweiddi fy enw rŵan, mi fydda i'n rhedeg nerth fy nhraed at gyfeiriad y sŵn. Dwi'n gwybod i gyfarth yn y drws pan fydda i eisiau awyr iach, i lyfu fy ngweflau pan fydda i eisiau sbarion swper, ac i beidio â mentro'n rhy bell o'r fferm rhag ofn imi fethu â ffeindio fy ffordd adref. Byddai hynny'n siŵr o deimlo fel diwedd y byd.

Ond dwi'n glyfar am un rheswm arall hefyd. Mae gen i glyw arbennig o dda, ac felly dwi'n medru adnabod synau ceir cyfarwydd. Ac ar y diwrnodau hynny pan fyddaf yn methu'n glir ag aros yn llonydd gan fy mod i'n ysu am gael y person pwysicaf yn y byd i gyd adref yn saff, mi fydda i'n gwrando'n astud am y sŵn. Fel sibrwd yn bell, bell i ffwrdd i ddechrau, ond mae'r sŵn yn chwyddo gyda phob eiliad a chyda llygad barcud, dwi'n gweld talcen y bws mini yn dod i'r golwg yn y pellter. Mae Grês wedi dod yn ei hôl!

Mae Grês yn siarad fel melin bupur am ei diwrnod, ac yn rhannu darnau o'i brechdan gyda fi'n slei bach. Dwi'n gorffwys fy mhen ar ei glin yn ddiog ac yn gadael iddi gosi tu ôl i 'nghlustiau. O! am deimlad bendigedig! Ond dwi'n dal i aros i glywed y geiriau fyddai'n coroni'r diwrnod, ac fel pe bai Grês yn medru darllen fy meddwl, mae hi'n dweud, "Dyna gi bach da!" Oedd, roedd hi'n werth aros drwy'r dydd i'w chlywed yn adrodd y geiriau hudolus yna. Dwi ar ben fy nigon.

Neli

Y Freuddwyd Fawr

Ifan Gwilym Huws | 9 oed
Ardal Rhuthun | Ysgol Pen Barras

Mae'r rhan fwyaf o blant yn breuddwydio am wyliau mewn gwlad boeth, am foroedd disglair a thywod yn chwibanu dan droed. Eraill yn ffansïo gwyliau yn sgio, yn llithro i lawr y llethrau gydag awel fain yn llosgi eu llygaid ac yn brathu eu bochau.

Ni fyddai Ifan yn gwrthod gwyliau, boed hynny yn y Caribî neu'r Swistir. Ond nid dyma yw Y Freuddwyd Fawr. Ni fyddai'n rhaid iddo fynd ar yr un awyren na llong i gyrraedd at ei freuddwyd ef. Yn wir, ni fyddai'n rhaid iddo fynd fawr ymhellach na stepen ddrws ei gartref!

Beth yw'r Freuddwyd Fawr felly, meddwch chi? Mi gewch chi ychydig o gliwiau i'ch helpu. Mae gan Y Freuddwyd Fawr bedair wal a tho siâp triongl. Mae ganddi ddwy ffenest – un fach ac un hirsgwar – ac mae ffens o bren derw yn ei hamgylchynu. A gwell imi gofio sôn hefyd fod gan Y Freuddwyd Fawr ddrws melyn gyda phoster bygythiol â'r geiriau 'DIM MYNEDIAD' wedi eu printio arno, yn rhybudd i bobl ddieithr gadw draw.

Ydych chi wedi cael llond bol ar ddyfalu? Olréit 'ta, mi ddywedaf i wrthych chi! Y Freuddwyd Fawr yn llygaid Ifan yw cael tŷ coeden yng ngwaelod yr ardd, ac mae hi wedi bod yn freuddwyd ganddo ers cyn cof. Mae ganddo lyfr bach wedi ei guddio mewn bocs o drugareddau dan ei wely, ac o fewn y llyfr hwnnw, mae'r manylion i gyd yn cronni. Faint o goed fyddai ei angen, pa fath o bren fyddai orau, sut i addurno'r tu mewn, pa farnais fyddai'n siwtio'r tu allan; heb anghofio mesuriadau o hyd a lled bob dim! Gyda'r holl waith cynllunio, mae'n debyg y byddai llawer yn cytuno y byddai Ifan yn gwneud saer coed gwerth ei halen rhyw ddydd.

Ar ôl dipyn o grafu pen, a hynny dros gyfnod go hir, mae Ifan bellach yn fodlon gyda'i ddyluniad o'r Freuddwyd Fawr. Yn ychwanegol i'r holl fanylion, byddai'n hoffi cloch ar ochr allan y drws er mwyn medru cadw trefn ar bwy fyddai'n mentro i mewn. Ond mewn gwirionedd, dim ond un hogyn bach lwcus arall fyddai'n cael rhannu'r tŷ coeden gydag Ifan, a hwnnw fyddai Madog. Mae Ifan a Madog yn ffrindiau gorau un, ac yn llawn bwrlwm a direidi. Mae ganddyn nhw hefyd gyfrinachau di-ri i'w rhannu gyda'i gilydd ... a neb arall. Pa le gwell, felly, i rannu eu cyfrinachau oll nag ar ben coeden dal, heb glustiau bach o'u cwmpas yn clustfeinio?

Ond er y gwaith cynllunio, mae yna un broblem fach. Nid yw'r goeden yng ngwaelod yr ardd yn un gadarn iawn, ac mae'n bosib na fyddai'n medru cynnal

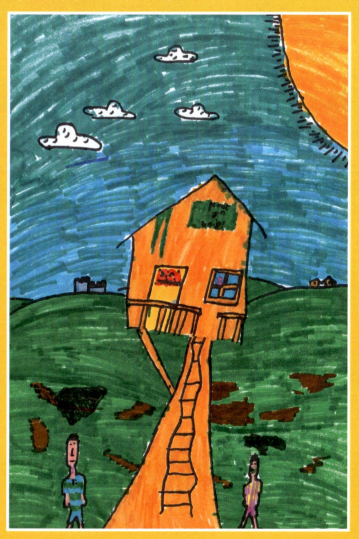

pwysau'r tŷ bach rhwng ei brigau. Mae hyn wedi peri dipyn o strach i Ifan. Byddai'n ddigalon iawn pe bai storm o fellt a tharanau yn chwipio'r tŷ coeden i'r llawr, a byddai gweld Y Freuddwyd Fawr yn racs gyrbibion yn siŵr o dorri ei galon. Ond hyd yn oed os na chaiff Ifan gyfle i adeiladu tŷ coeden, mae'n gwybod na fyddai hynny'n ddiwedd y byd. Mae ganddo dŷ llawn cariad a chynhesrwydd yn barod, ac mae Ifan yn ddigon ffodus o gael galw'r tŷ hwnnw'n gartref iddo. Ydi, mae hynny'n fwy na digon.

Liwsi a'r Blodyn Haul

Liwsi Mo Hoyland | 11 oed
Ardal Gerlan, Bethesda | Ysgol Penybryn

Ers rhai blynyddoedd bellach, byddai Liwsi'n plannu hadau blodyn haul bob mis Ebrill. O brofiad, gwyddai Liwsi fod gwreiddiau'r blodyn yn tyfu'n hir fel bysedd hen wrach, ac felly byddai'n gwirio bod ganddynt ddigon o le i ymestyn am allan. Byddai'r pridd yn ffrwythlon, a byddai Liwsi'n palu twll o ddeutu dwy fodfedd o ddyfnder o'i fewn.

Hoff flodyn Liwsi yw'r blodyn haul, a hynny'n syml gan iddo edrych fel yr Haul ei hun – yn fawr ac yn felyn, ac yn llwyddo i godi ei chalon pan fyddai'n teimlo'n unig a thrist. Nid yn unig fod y blodyn yn edrych fel yr Haul, ond mae'n dilyn yr Haul yn ystod y dydd hefyd! Drwy wneud hyn, mae'n medru amsugno ei belydrau a'i wres i'w grombil, ac mae hynny'n rhoi egni iddo dyfu'n dal ac yn gryf.

Byddai Liwsi'n edrych ar ôl yr hadau gyda'r fath dynerwch. Byddai'n twtio'r pridd o'u cwmpas, yn chwynnu bob tro y deuai hen frwgaets blêr i'r golwg, a dyfrio digon ar y gwely, ond ddim gormod chwaith. Roedd y gwaith yn llafurus, ond bob tro y gwelai Liwsi ben bach siriol yn dod i'r golwg o ganol y pridd, gwyddai fod ei hymdrech yn talu ar ei ganfed.

Uchelgais Liwsi oedd swcro'r blodyn haul nes byddai'n tyfu cyn daled â hi ei hun. Roedd hi'n obeithiol bob blwyddyn, ac edrychai ymlaen yn arw at weld y pen bach siriol yn magu coesyn a phetalau, ac yn tyfu i'w lawn maint. Darllenodd unwaith fod blodyn haul talaf y byd yn ymestyn 30 o droedfeddi i fyny fry. "Rhyw ddydd, mi fydd fy mlodyn haul i'n dalach fyth!" meddai'n ddistaw bach wrthi hi ei hun.

Am wythnosau lawer, bu Liwsi'n dilyn yr un drefn â'r arfer – twtio, chwynnu a dyfrio. Ond er mawr siom iddi, roedd y blodyn haul y flwyddyn hon yn gyndyn iawn o godi ei ben at yr Haul. Edrychai'n ddigon digalon, fel petai wedi cael llond bol ar bawb a phopeth. Cyrhaeddodd Liwsi ben ei thennyn un noson a dechreuodd igian crio gan iddi fethu â deall beth aeth o'i le. Er gwaethaf y dagrau hallt a'r siom, llwyddodd i gysgu yn y diwedd.

Deffrodd yn oriau man y bore gan iddi glywed rhywbeth yn symud yr ochr arall i ffenest ei llofft. Dyna od, meddyliodd. Edrychodd ar ei chloc larwm a ddangosai mewn coch ei bod hi'n dri o'r gloch y bore. Nid oedd yna'r un smic i'w glywed o fewn y tŷ – roedd y tanc dŵr poeth wedi rhoi'r gorau i'w ochneidio, hyd yn oed! Beth felly oedd y twrw gwingo mawr y tu allan?

Cododd ychydig ar gwr y llenni, a bu'n rhaid iddi agor a chau ei llygaid ddegau o weithiau i wneud yn siŵr nad oedd hi'n breuddwydio. Synnodd o sylweddoli ei bod hi'n gwbl effro, oherwydd yr hyn a welodd oedd anferth o flodyn haul yn ymestyn tuag at y cymylau. Fy mlodyn haul pitw bach i! ebychodd, yn methu'n glir â chredu'r olygfa o flaen ei llygaid.

Rhedodd Liwsi o'i stafell, ac allan i'r ardd mewn amrantiad. Neidiodd ar goesyn y blodyn haul a dechreuodd ei ddringo. Roedd hi wedi hen arfer ar ddringo'r coed yn ei gardd a'r mynyddoedd o'i chwmpas, ac roedd ganddi freichiau a choesau cryf i brofi hynny. 'Hogan gref y mynydd' fyddai ei mam yn ei galw, ac o'i gweld yn cyrraedd pen y blodyn haul mewn dim o dro, hawdd oedd deall pam.

Glaniodd Liwsi ar gwmwl meddal a deimlai'n brafiach na'i gwely ei hun. Eisteddodd yno am dipyn er mwyn gwerthfawrogi'r nos yn ei holl ogoniant. Roedd y sêr yn glwstwr bach disglair, a phob cwmwl yn edrych mor gyffyrddus â'r nesaf. Ond yr hyn a hawliodd ei sylw oedd y Lleuad. Roedd ganddi wyneb fel hen wraig.

"Helô, eneth fach," meddai'r Lleuad, "beth wyt ti'n ei wneud fyny fan hyn?"

Roedd Liwsi wedi ei swyno'n llwyr. Nid oedd ganddi ofn, ac felly dechreuodd sgwrsio gyda'r Lleuad fel petai'r ddwy yn adnabod ei gilydd erioed.

"Dwi wedi dringo coesyn y blodyn haul yr holl ffordd i fyny. Dywedwch wrtha i, pam fod y blodyn haul yn prifio gymaint gyda'r nos, ond yn gwywo eto pan mae'r Haul yn codi?"

"Wel," meddai'r Lleuad, "mae'r blodyn haul eleni yn un anghyffredin iawn. Mae'r

Haul yn gwneud iddo deimlo'n swrth, ac felly mae'n cysgu drwy'r dydd. Ond digwydd bod, mae'r blodyn haul a finnau wedi dod yn ffrindiau pennaf un, ac felly pan fydd y byd yn cysgu, mi fydd y blodyn yn deffro ac yn codi ei ben i'r cymylau er mwyn cadw cwmni imi."

"Wel wir, fyddwn i byth wedi dychmygu!" meddai Liwsi'n gegrwth.

"Gwylia di, mae'r Haul dod i'r golwg draw fan'cw rŵan, ac mae'n hen bryd i fi fynd i 'ngwely. Felly neidia'n ôl ar y coesyn neu mi fyddi di yn y cymylau drwy'r dydd ac mi fydd dy deulu'n poeni amdanat!"

"Olréit 'ta," meddai Liwsi'n anfoddog gan iddi orfod ffarwelio mor gynnar. "Ga i ddod yn ôl nos fory i sgwrsio gyda chi eich dau?"

"Â chroeso," atebodd y Lleuad, cyn diflannu'n ara' bach i roi pob chwarae teg i'r Haul. Neidiodd Liwsi'n ôl ar y coesyn, ac wrth i'r blodyn haul fynd yn llai ac yn llai, roedd Liwsi'n dod yn nes ac yn nes at y Ddaear eto. Cyffyrddodd ei thraed y tir cyn i'r byd ddeffro, ac felly roedd ei chyfrinach yn ddiogel am y tro.

Byd y Deinosoriaid

Guto Mei Harrison | 4 oed
Ardal Cilgwyn, Caernarfon

Roedd y nos yn ddu fel ceg ogof, ac nid oedd golwg o sosban y sêr yn unman. Nid oedd cyfarthiad ci na brefiad dafad o fewn clyw, ac roedd hyd yn oed tipian-tapian llygod bach yr atig yn dawelach na'r arfer.

Dan flanced drwchus, gyda llyfr clawr caled a thortsh weindio, roedd Guto'n cuddio. Yr un fyddai'r drefn bob noson, credwch neu beidio! Byddai ei fam yn ei swatio, yn adrodd stori ddychmygol iddo ac yn rhoi'r golau bach wrth ochr ei wely. Ar ôl plannu sws ar ei dalcen a dweud ei "Nos da", byddai Guto'n gwrando am sŵn 'clic' y drws yn cau, cyn agor ei lygaid led y pen.

Ei gyfrinach fach ef oedd hi. Yn wir, dylai Guto fod yn cysgu, ond roedd darllen am ddeinosoriaid yn llawer difyrrach! Ers iddo dderbyn tegan deinosor yn ddim o beth, roedd Guto wedi rhyfeddu atynt. Byddai'n dweud ffeithiau amdanynt fyth a hefyd, a phob tro y câi afael ar bensel a phapur, byddai'n gwneud llun o ddeinosor yn agor ei geg yn fawr, ac yn ei ddychmygu'n gwneud andros o dwrw dros y lle nes bod y ddaear yn crynu dan ei draed.

Ond yn ôl â ni at y darllen. O dipyn i beth, byddai llygaid Guto'n dechrau teimlo'n drwm yn ei ben, a chyn iddo gael cyfle i gau cloriau'r llyfr hyd yn oed, byddai'n syrthio i gysgu. Ac felly'n union y digwyddodd pethau ar y noson hon. Ond yn wahanol i'r arfer, cafodd Guto freuddwyd go ryfedd.

Yn y freuddwyd, roedd Guto yn cnocio ar ddrws a oedd ugain gwaith ei daldra ef ei hun. A phwy atebodd y drws, ond deinosor! "Helô," meddai Guto mewn llais bach, "oes yna groeso imi ym Myd y Deinosoriaid?"

Edrychodd y deinosor arno'n amheus gan grychu ei dalcen y mymryn lleiaf. "Oes, mae 'na groeso," atebodd y deinosor, "ond mae'n rhaid iti basio'r prawf i ddechrau."

Gofynnodd y deinosor res o gwestiynau i Guto, a deallodd yn sydyn fod yr hogyn bach yn gwybod bron cymaint ag ef ei hun am ddeinosoriaid! "Brensiach!" ebychodd, yn methu'n glir â meddwl am fwy o gwestiynau i'w gofyn i Guto. "Marciau llawn, go dda!" Ac ar hynny, agorodd fwy ar gil y drws a chroesawodd Guto i Fyd y Deinosoriaid.

Plygodd y deinosor ei ben i'r llawr ac edrych ar Guto gyda llygaid mor ddu â mwyar. "Tyrd," meddai, "neidia ar fy mhen a llithra i lawr fy ngwddw. Gyda lwc, mi wnei di lanio'n daclus ar fy nghefn. Dwi am fynd â thi am dro i weld y byd fel yr oedd o ers talwm." Heb oedi, dilynodd Guto gyfarwyddiadau'r deinosor a chychwynnodd y ddau ar eu taith.

Welodd Guto ddim byd tebyg i Fyd y Deinosoriaid erioed o'r blaen. Nid oedd yr un cwmwl ar gyfyl yr awyr ac roedd yr haul yn edrych yn hapus o gael y lle i gyd iddo ef ei hun. Roedd yna fwclis o fynyddoedd yn y cefndir a choed wedi blaguro'n llawn ar eu gwaelodion. Roedd y llynnoedd fel drychau, a gallai Guto weld ei wyneb ei hun yn eu hadlewyrchiad.

"Beth wyt ti'n ei feddwl?" gofynnodd y deinosor yn dyner.

"Waw!" oedd unig ateb Guto. Ac ar eu taith yn ôl am y drws, sylweddolodd Guto na chlywai sŵn yr un car na chaniad corn na ffôn symudol yn canu. Yr unig ganu a glywai oedd trydar yr adar mân yn y gwrychoedd a thincial y nant islaw. O! mae eu cân yn swynol, meddyliodd.

Plygodd y deinosor ei ben i'r llawr eto, a llithrodd Guto fel 'sliwen oddi arno. "Gwell iti fynd rŵan," meddai'n addfwyn, "mi fydd dy fam yn gweiddi ei bod hi'n amser deffro ymhen dim!" Patiodd Guto ben y deinosor yn annwyl a sibrydodd ei ddiolch yn ei glust, cyn gafael yn handlen y drws. Roedd yn croesi bob dim y câi ddychwelyd i Fyd y Deinosoriaid eto'n fuan, ond rŵan, nid oedd dim yn bwysicach na dychwelyd i'w fyd ei hun er mwyn cael rhoi coflaid foreol i'w fam.

Mochyn Sioe

Anest Mair Roberts | 8 oed
Ardal Llithfaen | Ysgol Pentreuchaf

Tydi mochyn sioe ddim fel mochyn cyffredin. Welwch chi mohono yn trowlio'n llawen mewn budreddi – mae gan fochyn sioe fwy o steil na hynny. Trwch o wair melyn sydd yn wely iddo, ac mi gaiff wely glân cyn iddo gael cyfle i faeddu!

Fiw i fochyn sioe ddenu chwain, felly mi fyddwn ni'n ei drochi mewn siampŵ a dŵr llugoer yn rheolaidd er mwyn cadw'r cnafon draw. Mi gaiff ffisig sbesial ambell waith hefyd, i wneud yn siŵr nad oes yna lyngyr wedi sleifio i mewn i'w fol.

Mae'n rhaid cadw golwg ar faint y mae mochyn sioe yn ei fwyta. Mae'n medru bod yn un drwg am hel ei fol, felly ni chaiff helpu ei hun fel y mynnai. Pan fydd dyddiad y sioe yn nesáu, mi fyddem ni'n cadw llygad barcud ar faint ei brydau. Ond mae'n cael bwyd o safon a wnaiff o fyth lwgu, mi wnawn ni'n saff o hynny!

Mae mochyn sioe yn arfer â chael ei sgwrio a'i frwsio mewn dim o dro. Mae'n cael mwy o foethusrwydd na'r frenhines ei hun, ddywedwn i! Mi fydda i'n gofalu nad oes yr un sbecyn o fwd yn cuddio tu mewn i'w glustiau, nac ychwaith yn nhroell ei gynffon binc. Yna, mi gaiff ei frwsio'n drwyadl nes bod ei gôt yn disgleirio yng ngwawl yr haul, a byddai'n teimlo'n grand i gyd ar ei newydd wedd.

Am gwta wyth wythnos cyn cystadlu gyda'r mochyn sioe, byddem ni fel teulu'n gwneud cylch cogio-bach yn y cae i gael ymarfer ar gyfer y cylch go iawn yn Llanfair-ym-Muallt. Mi fydd Mam yn dweud weithiau, "Anest, dy dro di!" a byddaf yn gafael yn fy ffon ac yn tapio'r mochyn yn ysgafn ar ei ystlys. Fel hudlath, byddai'r mochyn yn trotian i'r cyfeiriad cywir. Ydi, mae medru cadw rheolaeth ar fochyn yn deimlad gwych, ond mae'n rhaid cael sgìl i gadw rheolaeth lawn arno!

Ar ôl bod wrthi fel lladd nadroedd yn pwyso, bwydo, sgwrio, brwsio ac ymarfer, mae'r mochyn sioe yn barod i'w ddangos ei hun i'r byd. Mae gen i gwlwm dwbl yn fy mol ar y daith i lawr i'r sioe bob blwyddyn – cymysgedd o nerfusrwydd a chyffro. Ar ôl dod o hyd i gorlan fach ein mochyn ni, rydym yn gadael iddo setlo mewn siafins clyd ac yn aros i'w ddosbarth gael ei alw i'r cylch arddangos.

"Sylwa di, dwi'n cadw un llygad ar y mochyn, a'r llall ar y beirniad." Dyma eiriau olaf Mam wrth iddi gerdded yn hyderus i'r cylch yn ei chôt wen, a'r mochyn gam neu ddau o'i blaen. Sylwaf ar dapio ysgafn ffon Mam ar ystlys y mochyn. Tap rhy ysgafn, a byddai'r mochyn yn gyndyn o symud modfedd. Tap rhy galed, a byddai'r mochyn yn mynd o'i gof yn lân.

Ond mae'r mochyn yn gwrando ar gyfarwyddiadau Mam fel disgybl da. Mae ganddo ddigon o gyhyr yn y llefydd cywir, a dim gormod o fraster. Mae ganddo ffrâm daclus, ac mae pob blewyn ar ei gôt yn disgyn i'w lle. Mae'r beirniad o'r un farn â fi, ac yn penderfynu mai ein mochyn ni sydd yn haeddu'r fraint o dderbyn y wobr gyntaf eleni! Gallaf deimlo fy nghalon fach yn chwyddo'n fawr gyda balchder wrth i Mam wisgo'r fedal am ei gwddf. Tydi ei gwaith caled yn haeddu dim llai na gwobr aur.

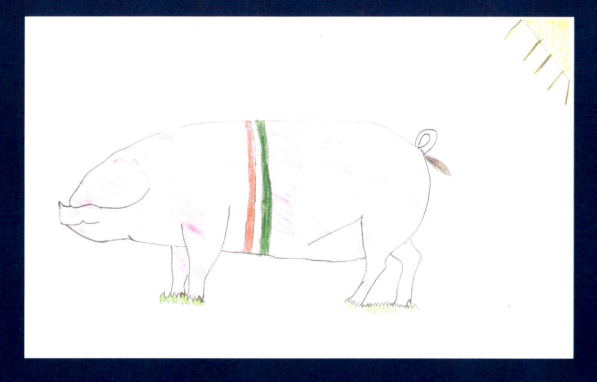

Trip i'r Lleuad

Robat Martyn Williams | 10 oed
Ardal Cricieth | Ysgol Treferthyr

Roedd Robat wedi bod yn pendroni ers tro ynghylch sut deimlad fyddai camu ar wyneb y Lleuad. Ystyriodd roi cynnig ar adeiladu roced fawr â phigyn arian ar ei blaen, ond nid oedd ganddo lyfr cyfarwyddiadau na digon o bunnoedd i brynu'r defnyddiau arbennig. Hoffai fedru gofyn i greadur gwyrdd o blaned Mawrth os câi fynd am dro i'r Lleuad yn ei long ofod rywbryd, ond nid oedd yr un creadur arallfydol yn crwydro'r Ddaear yng ngolau dydd felly nid oedd gobaith i Robat fedru holi.

Er nad tasg hawdd fyddai cyrraedd y Lleuad, ni feddyliodd Robat erioed y byddai'n amhosib. Roedd yn hogyn gobeithiol iawn, ac er bod ei deulu a'i ffrindiau yn dechrau laru ar glywed dim byd ond Lleuad hyn a Lleuad llall rownd y ril, fyddai neb yn llwyddo i roi stop ar barablu Robat.

Yn rhyfeddol, daeth ei gyfle mawr un diwrnod pan oedd Robat yn pori drwy'r papur bro, a lwc mul iddo ddod ar draws yr hysbyseb. Yno, mewn llythrennau bras, roedd gwyddonydd peniog o Gaerdydd yn cynnig i un plentyn lwcus gael cadw cwmni iddo ar ei daith i'r Lleuad.

Er mwyn cael ei ddewis, byddai'n rhaid i Robat gystadlu drwy gyflwyno llythyr yn egluro ei ddiddordeb yn y Lleuad. Digon syml, meddyliodd Robat – gwyddai'n union beth fyddai'n ei ysgrifennu'n barod! Rhedodd fel milgi at ei fam a'i dad er mwyn rhannu'r newyddion da o lawenydd mawr. O ddarllen y cynnig hael, ni fedrai rhieni Robat gredu'r fath beth, ond nid oedd arlliw o sioc ar wyneb Robat – roedd yn ffyddiog erioed y byddai'n gwireddu ei ddymuniad rhyw ddydd.

Yn llawn angerdd, aeth ati i ysgrifennu'r llythyr. Esboniodd sut y byddai'n gwirioni ar gael teimlo wyneb y Lleuad drosto ef ei hun er mwyn gweld a yw'n galed fel craig neu'n feddal fel blocyn menyn. Dywedodd mai gwych fyddai medru cymharu mynyddoedd a llynnoedd y Lleuad â rhai'r Ddaear, ac mai gwell fyth fyddai medru cerdded ar aer gan nad yw disgyrchiant yn tynnu cymaint yn y gofod. I gloi, cyfaddefodd ei fod eisiau ysgwyd llaw gyda chreadur gwyrdd arallfydol pe byddai un yn digwydd galw heibio pan fyddai ef a'r gwyddonydd peniog yn glanio.

Ac yn wir i chi, ddeuddydd ar ôl i Robat yrru ei lythyr, cafodd alwad ffôn yn cadarnhau ei fod wedi dod i'r brig yn y gystadleuaeth, ac y byddai'r roced yn glanio yn ei ardd mewn mater o eiliadau. Rhoddodd sws ar foch ei fam a chododd ei fawd ar ei dad a'i chwaer cyn carlamu drwy'r drws cefn. Yno'n aros amdano oedd roced deirgwaith uchder ei dŷ, ac yn y drws safai dyn gydag wyneb crwn a phen moel a sgleiniai fel jar fferins. Roedd yn gwenu'n braf ac yn agor drws y roced yn llydan agored er mwyn croesawu Robat i mewn.

Roedd y gwyddonydd peniog mewn hwyliau da ac yn trin Robat fel ffrind bore oes. Roedd y ddau yn rhannu'r un diddordebau yn y Lleuad a'r planedau lu, ac roedd Robat wedi ei syfrdanu gan faint gwybodaeth y gwyddonydd peniog. Chymerodd eu taith i'r Lleuad ddim chwinciad chwannen gan fod y roced yn mynd fel siot, ac felly ar ôl glanio'n ofalus, cymerodd y ddau eu camau cyntaf yn eu hamgylchedd newydd.

Arnofiai corff Robat yn yr aer! Roedd pob rhan ohono'n teimlo'n ysgafn fel pluen ac roedd pobman yn dawel, dawel. Llwyddodd i gyffwrdd wyneb y Lleuad gyda blaen ei fysedd, a theimlai'n llychlyd fel corneli droriau hen gwpwrdd. Gwelodd fynyddoedd dan gôt o siwgr eisin yn y cefndir, a llynnoedd bychain yma ac acw hefyd. Tra oedd Robat yn rhyfeddu at yr olygfa anghredadwy, teimlodd rywbeth yn tapio ei ysgwydd. Trodd a gweld y gwyddonydd peniog yn sefyll yno gyda chreadur gwyrdd arallfydol.

"Rhywun wedi dod i dy weld di!" meddai'r gwyddonydd peniog gyda winc.

Estynnodd y creadur gwyrdd arallfydol ei law at Robat, ac ysgydwodd Robat hi'n frwdfrydig. Roedd ei ddymuniad wedi ei wireddu'n llwyr!

Perear y Ddaear

Bob y Gwenyn

Heulwen yr Haul

Lleucu y Lleuad

Bob yn Achub y Byd

Catrin Glwys Williams | 12 oed
Ardal Cricieth | Ysgol Eifionydd

Rhywbeth prin iawn yw cwsg i Bob y Wenynen. Byddai wrth ei fodd yn cael pum munud o lonydd i gau ei lygaid nawr ac yn y man, ond mae yna waith yn galw'n rhywle o hyd. Mae'n wir fod pob gwenynen yn cadw'n brysur, ond nid oes neb mor brysur â Bob! Pam hynny? rwy'n eich clywed yn holi. Coeliwch chi fyth, ond Bob sydd â'r swydd bwysicaf un. Bob sydd yn gofalu am Lleucu'r Lleuad, Heulwen yr Haul a Peredur y Ddaear.

Heb Bob, efallai na fyddai'r haul yn tywynnu. Bosib na fyddai'r lleuad yn disgleirio, a hwyrach na fyddai'r byd yn troi! Dychmygwch fyd heb leuad na haul, a'r ddaear wedi stopio'n stond. Ond nid oes rhaid ichi boeni am bethau digalon felly, oherwydd ni fyddai Bob byth yn caniatáu'r fath beth. Nid yw Bob yn un am laesu dwylo, ond yn hytrach mae'n un sydd yn ymateb i bob tasg gyda chalon ac enaid. Gallwch wastad ddibynnu ar Bob!

Un noson, sylwodd Bob fod y nos yn ddu fel bol buwch. Dyna od, meddyliodd. Gallwn daeru fod Lleucu'r Lleuad wedi dweud wrtha i ei bod hi'n noson leuad lawn heno. Rhoddodd ganiad i Lleucu ar ei ffôn, ac ymhen dim, clywodd lais pryderus ar yr ochr arall.

"O Bob, ti sydd 'na? Doeddwn i ddim eisiau amharu ar dy gwsg di, ond O! dwi wedi gwneud llanast. Rhywsut neu'i gilydd, mae fy ngolau wedi'i ddiffodd – rhywun wedi bod yn cadw reiat yn fy mocs ffiws tra oeddwn i'n cysgu, mae'n debyg. Alli di fy helpu, plis?"

"Ar fy ffordd!" oedd ymateb pendant Bob, ac i ffwrdd ag o ar ei hynt. Roedd hi'n bwrw glaw yn sobor ac roedd y diferion yn mynd i lygaid Bob ac yn cymylu ei olwg. Ond daliodd ati i hedfan yn uwch ac yn uwch i'r awyr. Y broblem nesaf oedd y ffaith nad oedd Bob yn medru gweld Lleucu gan fod ei golau wedi ei ddiffodd, felly bu'n rhaid iddo weiddi ei henw a dilyn y llais nes dod o hyd iddi.

"O, Bob! Mi ddoist ti!" meddai Lleucu gan ochneidio mewn rhyddhad.

"Wrth gwrs, Lleucu! Dyna fy swydd i. Rŵan, gad imi gael golwg ar bethau."

Sylweddolodd Bob mai'r unig beth oedd angen ei wneud oedd troi ei swits ymlaen, ac ar hynny, goleuodd Lleucu yn arian eto.

"O, Bob! Un da wyt ti. Diolch, diolch, diolch!"

Ond cyn i Bob gael cyfle i ymateb i'w geiriau caredig, canodd ei ffôn unwaith eto.

"Bob? Heulwen yr Haul sydd 'ma. Wel, sôn am bicil! Dwi i fod i godi ymhen dwyawr ar gyfer y wawr, ond does gen i ddim mymryn o liw ar fy nghroen! Dwi'n welw iawn, ac os na cha' i liw yn fuan, fydd gan y byd ddim goleuni fory! Beth wna i?"

"Gadewch y cwbl i mi, Heulwen! Ar fy ffordd!" meddai Bob yn gadarn, a thrwy'r glaw, hedfanodd yn ôl adref i nôl pot o fêl o'i nyth. Gyda'r pot yn ddiogel dan un adain a brws paent dan yr adain arall, hedfanodd i gyfeiriad yr haul. Ond fe wynebodd yr un broblem eto! Gan ei bod hi'n nos a chan fod yr haul wedi colli ei liw, nid oedd golwg o Heulwen yn unman! Unwaith eto, bu'n rhaid iddo weiddi ei henw a dilyn ei llais nes dod o hyd iddi.

"O, Bob! Ro'n i'n gwybod y byddai gen ti ateb i fy mhicil!" meddai Heulwen yn ddiolchgar.

"Wrth gwrs, Heulwen! Dyna fy swydd i. Rŵan, gad imi dy baentio di!" Ac i ffwrdd â Bob gyda'i frws a'i phaentio gyda'r mêl. Mewn dim o dro, roedd Heulwen yn tywynnu eto.

"O, Bob! Rwyt ti'n wych wrth dy waith. Diolch, diolch, diolch!"

Ond cyn i Bob gael cyfle i ymateb i'w geiriau clên, canodd y ffôn eto.

"Bob, Peredur y Ddaear sydd 'ma, ac mae gen i andros o broblem! Alla i ddim troi – dwi wedi dod i stop! Dim ots pa mor galed dwi'n ymdrechu, fedra i ddim symud modfedd!"

"Dim angen iti boeni dim, Peredur! Ar fy ffordd." A hedfanodd Bob mor gyflym ag y medrai yn ôl at y ddaear. Roedd hi wedi dechrau gwawrio, ac roedd y glaw wedi peidio. Ond roedd hi'n parhau i fod yn daith hir a blinedig. Ymhen hir a hwyr, cyrhaeddodd Bob at ei ddyletswydd nesaf.

"O, Bob! Wyddwn i ddim beth i'w wneud! Dwi wedi trio a thrio a thrio ..."

Ond nid oedd Bob yn gwrando dim. Yn hytrach, roedd yn gwthio ochr Peredur gyda'i holl nerth, yn y gobaith y byddai'n symud eto. Efallai fod Bob yn fach, ond roedd o hefyd yn gryf. Ac yn wir i chi, fe ddechreuodd Peredur droi unwaith eto!

"O, Bob! Ti wedi achub y byd heno! Sut alla i ddiolch iti?"

Roedd Bob druan yn cael trafferth cadw ei lygaid yn agored gan flinder, ac felly oedodd am eiliad cyn ateb.

"Ga i bum munud bach i gau fy llygaid, Peredur?"

"Ar bob cyfri, Bob bach," atebodd Peredur yn dyner.

A chaeodd Bob ei lygaid yn y fan a'r lle gan ddisgyn i goflaid cwsg. A braf oedd gwneud hynny'n gwybod bod Lleucu'r Lleuad yn fodlon ei byd, Heulwen yr Haul yn tywynnu'n llon, a Peredur y Ddaear yn dal i droi.

Daw Amser Eto

Awel Nansi Tudor | 7 oed
Ardal Chwilog | Ysgol Chwilog

Mae'r byd yn gwegian heddiw
a'i bobl yn teimlo ei gur,
a phob atgof fu gynt mor felys
bellach yn teimlo'n sur.

Rwyt tithau yn cofio dy ryddid
ar y cwch gyda'th dad a'th daid,
ac yn cofio hwylio'r llonyddwch mawr
pan oedd y tywydd o'ch plaid.

Nid hawdd yw hel meddyliau
a gori ar ddyddiau gwell
pan mae'r byd yn cau amdanat
a'th ryddid yn teimlo mor bell.

Ond pan fydd y peryg yn cilio
gan roi cyfle i'r byd ddod i drefn,
bydd y môr yn parhau i fod yno
a chewch godi hwyliau drachefn.

Cian, Lois a'r Enfys

Cian Harri | 8 oed a Lois Rhodd | 5 oed
Ardal Pontypridd | Ysgol Gynradd Pont Sion Norton

Deffrodd Cian a Lois yn fuan fore Sadwrn yn barod am ddiwrnod gwerth chweil ym mharc y pentref gyda'u ffrindiau pennaf i gyd. Byddai'n ddiwrnod o chwerthin ac o dynnu coes, ac roedd y ddau yn edrych ymlaen yn arw at gael prynu da-da yn Siop yr Aur ar y ffordd.

Ond pan agorodd Lois y llenni, roedd yr awyr yn beichio crio a'r dagrau yn llifo fel afon i lawr y stryd. Roedd y coed a'r dolydd yn wlyb diferydd ac nid oedd golwg o'r haul yn unman. "Mae'n siŵr o fod yn cuddio," meddai Cian, "mi welwn ni o'n sbecian o du ôl i'r cymylau cyn bo hir."

Ond wrth i'r dydd fynd rhagddo, roedd y tywydd yn gwaethygu. Roedd yr awyr yn flin iawn, yn taro mellt bob hyn a hyn ac yn gwneud synau bygythiol hefyd. Roedd hyn yn digalonni Lois. A hithau'n tynnu at un o'r gloch y prynhawn, dywedodd yn drist, "Am ddiwrnod llwm. Pam na ddaw'r haul allan i ddweud helô heddiw?"

"Mi ddaw, gei di weld," meddai ei brawd mawr, ac fe gododd hynny ei chalon. Roedd gan Cian allu arbennig i wneud iddi deimlo'n well ar ddiwrnodau stormus, du. Yn fwy na hynny, roedd yn llawn syniadau arbennig hefyd! Ar ôl pendroni am ychydig, goleuodd ei wyneb yn sydyn a dywedodd, "Hei! Beth am beintio llun o sut fyddwn ni'n gweld y byd ar ôl y storm fawr? Erbyn inni orffen y llun, mi fydd hi'n haul braf eto."

"Olréit ta, mi af i nôl y paent!" atebodd Lois yn gyffro i gyd. Ac felly y bu'r ddau am yr awr nesaf, yn peintio'r byd yn lliwgar eto. Yr awyr yn las a'r adar bach yn gwibio i bob cyfeiriad, y gwellt yn

wyrdd ac yn ffrwythlon, a hanner cylch o enfys yn y canol.

Roedd y cloc bron â tharo dau o'r gloch pan orffennodd Cian a Lois eu lluniau. Roedden nhw'n werth eu gweld. Ac yn wir i chi, wrth gau'r potiau paent a rhoi'r brwsys i'w golchi, teimlodd Cian rywbeth cynnes yn cosi ei war, a gwelodd Lois yr ystafell yn llenwi â lliw melyn cynnes.

"'Drycha! Roeddwn i'n gwybod nad oedd yr haul wedi mynd am byth! Ac mae holl liwiau'r enfys wedi dod i gadw cwmni iddo hefyd," meddai Cian yn llawen, cyn codi ei chwaer fach yn ei freichiau er mwyn iddi gael gweld yn well.

"Ydi'r enfys am aros amser hir?" holodd Lois, yn falch o weld y diwrnod yn dod ato ei hun.

"Ddim am amser hir," atebodd Cian yn onest. "Maen nhw'n dod weithiau ond yn diflannu'n sydyn, fel y cymylau." Edrychodd Lois yn siomedig eto, ond roedd Cian yn benderfynol o roi gwên fawr ar ei hwyneb. "Ond mae'r haul wastad yn aros," meddai Cian. "Mae'r cymylau a'r glaw a'r enfys yn dod ac yn mynd, ond mae'r haul yn gwneud ei orau glas i wenu bob tro. Fel rŵan, weli di?"

Ac wrth i'r haul dywynnu'n llachar, penderfynodd Cian ei bod hi'n hen bryd mynd am dro i'r parc. Law yn llaw, cerddodd y ddau yn sionc i lawr y stryd, a'r haul mawr melyn yn gwenu ar eu holau.